Fey Case
o Dr Jekyll
an Mr Hyde

Fey Case o Dr Jekyll an Mr Hyde

BY
Robert Louis Stevenson

Wi Picturs an a Forespikk by
Mathew Staunton

Owerset intae Nor-East Scots by
Sheena Blackhall

evertype

2018

Furthpitten by/*Published by* Evertype, 19A Corso Street, Dundee, DD2 1DR, Scotland. *www.evertype.com.*

Oreiginal title/*Original title*: *Strange Case of Dr Jekyll and Mr Hyde*. Furst edeition/*First edition* London: Longmans, Green & Co., 1886

Iss owersettin/*This translation* © 2018 Sheena Blackhall.
Iss edeition/*This edition* © 2018 Michael Everson.
Picturs an introduction/*Illustrations and introduction* © 2014 Mathew Staunton.

A catalogue record for iss byeuk can be gotten fae the Breitish Byeukbeild.
A catalogue record for this book is available from the British Library.

ISBN-10 1-78201-226-5
ISBN-13 978-1-78201-226-9

Typeset in Baskerville & GREAT BROMWICH BOLD by Michael Everson.

Batter/*Cover*: Michael Everson.
Photograph © Frances Fruit, dreamstime.com/ffranny_info

Prentit by/*Printed by* LightningSource.

iv

INHEIDINS

FORESPIKK

PYOKES FAND IN A VICTORIAN SAFE

Robert Louis Stevenson's 1886 novella *Fey Case o Dr Jekyll an Mr Hyde* is, alang wi Ovid's *Metamorphoseon Libri XV* an Kafka's *Die Verwandlung*, ane o the maist pouerfu tales o pheesical transmogrification in literar history. Niver ooto prent, it's inspired plays, Broadwey sang-shaws, an mony films, an the nemmes o its weel kent characters hae entered the English leid as shorthaun fur multiple personality disorder, wud mood swings, an byordnar or dumfounerin weys o daein. Bitticks o the tale hae becam sae inbiggit in the lanscape o popular culture that the novella itsel isnae as aften read as its success wid suggest. Thanks tae movies, short makks, charicatures, pictur novels, an aa mainner o references in ither airts, it's a story we think we ken wioot haein tae warssle wi the complexities o the text.

Nooadays readers camin tae the novella fur the first time bring picturs o glaiss-fulled laboratories, hotterin mixturs, an the physog o an ugsome monster wi them an are aften bumbazed tae finn oot that neither Jekyll nur Hyde is the lead body o Stevenson's tale. Fur siccar, they're the maist aften mentioned fowk bit the maist o the darg lies on anither, far less weel kent cheil: the upricht an dour solicitor Gabriel John Utterson. Henry Jekyll an his ither sel Edward Hyde micht be the subjecks o thon fey case, makkin it the stammygaster it wis intendit tae be, bit Utterson's the ane fa luiks intae the mystery in fit is likewyse, argyably, ane o the maist successfu detective tales iver scrieved.

Even a faist glisk at the wirds shaws that Utterson is verra much the cheil fur the darg. Barrin Hyde, he kens aa o the main characters weel. Richard Enfield, the first witness tae spikk o Hyde's coorseness, is a near frien an kinsman. Sir Danvers Carew is ane o Utterson's maist respeckit clients an is cairryin a letter addressed tae his solicitor fin he's murdered by Hyde. Baith Doctors Jekyll an Lanyon are auld friens o his an entrust him wi their daith letters. He's likewyes Jekyll's solicitor an is bun by testamentary orders tae represent the oorie Hyde in the case o the doctor's daith or vanishin. Aa o the fowk in the buik are pairt o the same wab an at the hairt o this wab we fin G. J. Utterson, pernickety gaitherin spukken an scrieved testimony.

In a tale fu o suggestive-nemmed fowk Gabriel John Utterson's is a nemme that cries oot tae be takk tent o. On encoonterin his surnemme some readers will, mebbe, be myndit o the nineteenth-century solicitor an buik gaitherer Edward Vernon Utterson (1775/76–1856), ane o the foondin memmers o the genteel Roxburghe Club fur buik luvers an a leadin body in the 19th century legal warld. Fur thon fa dinna ken Utterson's famed nemmesake, this is, nanetheless, a gweed surnemme (utter-son) fur a cheil fa collecks an orders the spikks an scrievins o ithers. In either case oor attention's drawn tae his wirk as a speecialist in the gaitherin an study o papers, an we are verra encouraged tae be as cannie wi Stevenson's wirds as Utterson is wi thon o Jekyll, Hyde, an Lanyon.

This is soun advice fur the wirds o *Jekyll and Hyde* are deep an wechty, pre datin the wird ploys o modernist writers like

James Joyce an Vladimir Nabokov. The eese o auncient, Scottish, an vague wirds slaws doon the readin experience, makks doot, an gars the reader copy Utterson in his readerly tyauve tae win tae the boddom o maitters. The rareness o Stevenson's usage is shawn by the fack that the *Oxford English Dictionary* cites *Jekyll and Hyde* as model nae less than 70 times. A strikkin example o the scriever's wirdplay cams fin we meet Jekyll fur the first time an the doctor is pictured as "smeeth-faced". In this settin (twa auld friens in an ingle neuk blether) we hae nae rizzen tae unnerstaun this as meanin onythin ither than that he's clean-sheeved. Later in the tale, hoosaeiver, Hyde's lanleddy is pictured as haein "a coorse physog, smeethed by fauseness" an we're sleekitly encouraged tae re-think oor first thochts o Jekyll. He dis, efter aa, hae a nemme that suggests a wud breet (Jackal) or mur'drous leanins (Je-kill), an his fey link wi Hyde thraws a shadda ower his itherwise braw reputation.

The import o Utterson's full nemme disnae eyn thonner. He's mair than a wirdsmith. He's likewyse a messenger an mebbe even a prophet. He's baith the Archangel Gabriel an John the Baptist, haein bin vrocht an sent by the aa-seein scriever tae spreid the wird o fit's bin gaan on in Jekyll's cabinet. Thanks tae the umpteen biblical references in the buik we can jalouse that Stevenson expeckit his readers tae be sensitive tae thon nemmes. An jist in case the reader dauchles, he his Utterson lead the wey: unable tae jink the temptation tae play wi Hyde's surnemme, he says: "Gin he be Mr Hyde," (…) "I'll be Mr Seek."

Stevenson's cannie awaurness tae the wylin an placin o his wirds suggests that he wis jist as cannie wi his title, an thon's wirth dwallin on. Thon's a "fey case". As sae it's an oorie thing that's befaaen Henry Jekyll an his fiers, it's the hale o the facks consarnin the maitter, an it's the statement o thon facks drawn up fur the conseederation o a heicher coort, wi the hint that the statement's as fey as the happenins it rebiggs. As I hae pyntit oot abune, Stevenson's solicitor is weel qualifeed tae pit thegether the papers an evidence an makk a clear tale or, mebbe, even a buik o evidence. In this respeck, Utterson, a self-spukken expert in conveyancin, is a fair makk fur Coont Dracula's conveyancin solicitor Jonathan Harker. The clivver hotterel o scrievins, journal notes, phonograph owersetts, an newspaper reports that makk up Bram Stoker's 1897 buik his a rowth in common wi Stevenson's scrievins. Fit faas ben the gaps atween the wheen testimonies is left tae the harns o the reader an the enthrallin virr o baith buiks bides in thon unscrieved unnerwarld o archetypes.

The wird "case" is likewyse firm reeted in the warld o medicine an it's o import that we unraivel the mystery surroondin the weel kent fowk thanks tae the wirds o twa doctors raither than throwe the inpit o the polis. Utterson's first repon tae Jekyll's fey daeins is tae suspeck a crime bit as the tale gaes on he sterts tae worry that his frien is seek an that the repons tae his speirins will be medical (wudness) raither than legal (blackmail).

"Case", hoosaever, his anither necessar meanin. It's a thing fittit tae encercle or haud somethin else an it disnae takk lang tae ken that *Jekyll an Hyde* is aa aboot ferlies bein keepit inbye ither things. This is true o baith the scrievin o the buik an o the feenished wirds. It's weel kent Stevenson fand his first veesion fur the tale in a dwaum.

I gaed aboot wrackin ma harns fur a plot o ony sort; an on the secunt nicht I dreamed the scene at the windae, an a scene efterwird split in twa, in which Hyde, chased fur some ill-daein, tuik the pooder an undergaed the cheenge afore his pursuers. (RLS, Januar 1888)

We can, syne, luik on Hyde as an archetypal monster freed by Stevenson's unconscious. Thon archetype wis syne pit intae an allegory at the advyce o Stevenson's wife, Fanny. The nemmes o the fowk pynt tae a likely allegorical readin bit Stevenson's scrievins on his ain wirds leave us in nae doot. Thon allegory wis syne farrer biggt intae a mystery an niver explained by the scriever. The growein nummer o jalousins aboot fit lies ahin this allegory is a meisur o jist foo gweed this ploy his bin fur Stevenson. On the level o the wirds, Utterson luiks intae the case o Jekyll an Hyde an in the coorse o the giein up o his findins he succeeds in sattlin the mystery that wis tribblin him: fa is Edward Hyde an fit is his haud ower Henry Jekyll? Fur the reader, hoosaeiver, the psychic stooshie caused by Hyde is niver sattled, an fin Jekyll's scrieved testimony cams tae an eyn on the hinmaist page o the tale, oor speirins an oor misfit gaes on. Stevenson his Jekyll makk allusion tae this at the eyn o his "full accoont o the case" fin he says "fit is tae follae consarns anither than masel". Fit follaes is seelence an it's in this seelence that the reader maun gae on tae conseeder the facks colleckit by Stevenson's solicitor an deal wi the ghaist o Jekyll's ugsome id.

Bit it is, mebbe, on certain facks nae gaen oot by Utterson that we dwall on the maist. Fit dis Edward Hyde dae fin he leaves Jekyll's cabinet? Hyde's the incarnation o aa that Jekyll rejecks himsel in the wey o pleisur bit we niver cam nearhaun tae a hint o fit thon micht be. Jekyll canna bring himsel tae recoont the coorsenesses daen by his alter ego an Utterson politely leaves this stane unturned. We hae nae choyce bit tae makk eese o oor harns. The solicitor rejecks the pleisur o gaun tae plays, drinkin wine, an bidin up late. Could Hyde jist be gaun tae theatres an gettin foo? The verra ugsomeness o his natur an the horror he steers up in ithers suggestin somethin much derker. There is spikk o crime, unca coorseness, an torture. The tramplin o the wee quine an the murder o Danvers Carew are pruif o wud violence. Jekyll admits thon acts. Fit, syne, could be waur than blooterin an tramplin a cheil tae daith?

This speirin his bin luikit intae in mair than 120 films, aften tae the playin doon o ither aspecks o the tale. Utterson is aften dimmed doon or taen oot aathegither tae bring in flicherty weemenfowk, romaunce, an sex. The maist siller-winnin o the early films takk their lead frae Thomas Russell Sullivan's 1887 stage play far a roosed Jekyll is engaged tae be mairriet tae the dother o Carew an frees a predatory Hyde tae terroreeze music haa performer Ivy Peterson inno a forcie sexual link.

The 1931 film is a braw exemplar. Feenished afore the Hollywid film code wis bein stinchly enforced, it leaves naethin tae the thochts o the onluiker an Frederick March richtly won an Academy Award fur his shawin o Jekyll an Hyde. Jekyll's grippit in by his heich social staunin tae leave his wints unsatisfeed. He's keen tae mairry his intendit an hae a full sexual jynin while still wintin houghmagandie wi Ivy Peterson. Efter a chaunce encoonter he watches the hinmaist slawly undress in her bed chaumer, enjoys a fiery kiss on her bed, an is anely stoppit frae gaun ony farrer by the ill-timed intrusion o his fier Dr Lanyon. In this rewirkin o the tale, Hyde is Jekyll's get-oot an it's in this makk that he eftirwirds terrifees Ivy Peterson intae the lang-term sexual link that he sterts bit niver feenishes in his public persona. Rouben Mamoulian an his scrievers Percy Heath an Samuel Hoffenstein sattle some o the lowse eyns left by Stevenson's wirds (Jekyll's happit wints, Hyde's happenins, the rizzen fur Hyde's ootbrakk on Carew) bit this is at the cost o the tale's pouer tae bother the audience. The film's a stammygaster in its clear pictur o sexual coorseness, ill-virr, an the scunner-ation o Hyde—bit sex vratches an murderers are ordnar in Hollywid films. The buik bumbazes on a deeper level an gars us raik ben oor derkest flegs tae gie Hyde a physog an a darg.

The subjeck o the case likewyse rins throwe the scrievin on a literal level. We finn cabinets inbye cabinets, steekit envelopes inbye steekit envelopes, an the ongaun, unjinkable presence o Utterson's safe. Thon could be seen as the soorce o aa meanin in the wirds—aa that we finn oot aboot the link atween Jekyll an Hyde is pit intae an at the hinnereyn cams oot frae the derk neuks o this deid objeck. The soorce o Jekyll's pouer tae cheenge is likewyse steekit in puckles o enclosures. Tae feenish his wirk tae gaither Jekyll's chemicals, Dr Lanyon maun enter his fier's hoose, brakk doon the yett tae his cabinet, caa ajee a glaiss kist, an takk oot a kist. The gothic wey o embeddin tales inbye ither tales is vrocht in the scrievin by the pittin o letters inbye pyokes steekit in mair than ae airt. Lanyon sens a letter tae Utterson tae be opened anely on the happenin o Jekyll's daith or vanishin. Jekyll's hinmaist letter is steekit up wi a new will an a full account o fit he's bin up tae. Thon pyokes are farrer steekit up in Utterson's private safe, lockit in a chaumer inbye his hoose. Tae win tae the boddom o the mysteries o the case o Jekyll an Hyde it's necessar tae open the safe an the pyokes an unnerstaun the scrievins inbye.

HERE CAMS THE BOGLE

Forbye it's sae weel-likit, *Jekyll an Hyde* his pruved a thocht-kittlin scrievin fur pictur makkers an sae pictur eeditions are far rarer than we micht expeckit. This should cam as nae begeck. The facks we're maist interestit in as readers an luikers—the luiks an daeins o Edward Hyde—are vexin-like scrieved by Stevenson as indescribable. Enfield's eeselessness tae pictur Hyde's makk—a makk he claims tae see clear in his harn's ee—becams widespread as the tale unfaulds. Naebody can pictur fit Hyde luiks like even while glowerin straicht inno his physog. Aa they can dae is tell foo misfittit they feel fin they glower on him. Hyde is a monster, a teem page on which ither fowk in the tale, an readers prent in their flegs. Foo, syne, should a pictur-maker cam tae the darg o picturin this oorie body?

In puckles o the picturs in this edeetion I hae chusen tae pictur Hyde as a cheil wi nae physog an seek the reader tae makk eese o his ain thochts as tae fit he luiks like. Ye're free tae gie him the puggie luik o his filmic shawins, the physog o an ugsome gargoyle, or, gin ye'd raither, the virr-steered makk o Klaus Kinski. Ye're likewyse free tae takk anither wey aathegither. In ither picturs I hae ettled tae grip the air o wudness an pouer that cercles Hyde by shawin him as a pictur mellin o early twentieth-century neive-fechters. There's nae misfit thonner. Hyde is ugsome inbye anely. Ootbye he's young, weel biggit, fu o virr, an sure o himsel. His rowth o aggression shaws in his een an cairraige raither than in ony byordnar arreengement o his physog.

Anither vexin aspeck o the buik is the wint o facks surroondin the "Happenin at the Windae". This is the meenit that the hale tale is biggit aroon, the mids o the steer caused in the harns by Hyde. Bit fit is't aboot? Utterson an Enfield see somethin terrifeein in Jekyll's physog as he blethers tae them frae his first-fleer windae an syne they leave, bumbazed tae the foon. A mere twa pages lang, thon's the shortest chapter in the buik bit we ken that it hauds somethin frae the foons o Stevenson's unconscious. Foo, syne, should it be pictured? The pictur o a cheil at a windae (fur this is aa that the scriever picturs) faas disappyntin short o grippin the archetypal grue that cams frae this scene. Jekyll's luikin oot at us frae his cabinet, the airt o aa o the derk langins he sairly wints tae finn an haud doon. It's in this airt that he makks the try-oots that lat oot Hyde; it's here likewyse that baith Jekyll an Hyde dee in the warssle atween the doctor's id an super-ego. The windae, syne, gies us a steerin glisk intae the derkest neuks o Jekyll's sowel an thon's fit I hae ettled tae shaw.

—Mathew D. Staunton
Oxford, Mey 2014

ABOOT THE SCRIEVER

Robert Louis Stevenson wis born in Embro, Scotland, on 13 Novemmer 1850. He aften traivelled due tae ill health an it's said that thon traivellin addit tae nurturin a skeel fur scrievin in him frae a young age. He wis 28 fin his first buik wis published. Fin in France he met Fanny Osbourne, a mairriet wumman wi twa bairns frae the United States, wi fa he syne fell in luve. Twa years eftir she divorced her man an Stevenson gaed tae bide in California tae be wi her. They mairriet in 1880. Stevenson becam famous durin his lifetime fur his tales fur baith bairns an adults. *Dr Jekyll an Mr Hyde* wis published in 1886 an it wis thon wirk that sattled his fame. Ither weel kent wirks by Stevenson are *Kidnappit, Treisur Island, Catriona, Traivels wi a Cuddy*, an *The Maister o Ballantrae*. He deed in Samoa on 3 December 1894, aged 44.

Fey Case o Dr Jekyll an Mr Hyde

Chapter I

Tale o the Yett

Mr Utterson the solicitor wis a cheil o a roch physog that wis niver lichtit by a smile; cauld, nochtie an blate in spikk; backwird in feelin; skinnymalink, lang, stoory, dreich an yet somewey lueable. At frienly trysts, an fin the wine wis tae his taste, somethin unca human flared frae his ee; somethin indeed that niver fand its wey intae his spikk, bit fit spakk nae anely in the seelent symbols o the efter-denner physog, bit mair aften an lood in the acts o his life. He wis hard on himsel; drank gin fin he wis alane, tae mortifee a taste fur vintages; an tho he likit the theatre, hidnae steppit ower the yetts o ane fur twinty years. Bit he'd a correck tholin fur ithers; whyles winnerin, near wi envy, at the heich wecht o speerits taiglit in their mishanters; an in ony leemit sikkin tae help raither than tae scauld. "I agree wi Cain's heresy," he eesed tae say fey-like: "I lat ma brither gae tae the deil in his ain wey." In this makk, it wis aften his weird tae be the hinmaist honest fier an the hinmaist gweed pouer in the lives o doongaun cheils. An tae sic as thon, sae lang as they cam aboot his chaumers, he niver merked a pikk o cheenge in his mainner.

Nae doot the deed wis easy tae Mr Utterson; fur he wis stoical at the best, an even his frienship seemed tae be

3

foondit in a sim'lar catholicity o gweed-natur. It is the merk o a blate cheil tae accept his frienly cercle ready-vrocht frae the hauns o chaunce; an thon wis the solicitor's way. His friens wir thon o his ain bluid or thon fa he'd kent the langest; his likins, like ivy, wir the growth o time, they suggestit nae richtness in the objeck. Sae, nae doot the link that jyned him tae Mr Richard Enfield, his hyne aff kin, the weel-kent cheil aboot toon. It wis a nut tae crack fur mony, fit thon twa could see in each ither, or fit subjeck they could finn in common. It wis reportit by thon fa encoontered them in their Sabbath wauks, that they said naethin, luikit unca dull an wid greet wi obvious relief the arrival o a frien. Fur aa thon, the twa cheils pit the maist store by thon ootins, coontit them the chief jewel o ilkie wikk, an nae anely pit aff happenins o pleisur, bit even focht aff the caas o wirk, that they micht enjoy them wioot interruption.

It chaunced on ane o thon stravaigs that their wey led them doon a by-wynd in a thrang airt o Lunnon. The wynd wis smaa an fit is caad quaet, bit it drave a steerie trade on the wikkdays. The fowk thonner wir aa daein weel, it seemed, an aa greatly hopin tae dae better yet, an spreidin oot the ower-ream o their grains in coquetry; sae that the shoppie fronts stude alang thon roadie wi an air o invite, like raws o smilin salesweemen. Even on the Sabbath, fin it happit its mair fancy cherms an lay near teem o steer, the wynd shone oot in contrast tae its clarty neebourhood, like a lowe in a wid; an wi fresh peintit shutters, weel-polished braisses, an ordnar cleanliness an blytheness o note, straicht aff catched an pleased the ee o the passer-by.

Twa yetts frae ae neuk, on the left haun gaun east the line wis brukkken by the incam o a coort; an jist at thon pynt a certain seenister block o biggin raxxed forrit its gable on the wynd. It wis twa storeys heich; shawed nae windae, naethin

bit a yett on the laigher storey an a blin broo o discoloured waa on the upper; an bore in ilkie makk, the merks o lang an scunnerin negleck. The yett, that hid neither bell nur chapper, wis blistered an bladdit. Gangrels shauchled intae the neuk an crackit spunks on the boords; bairns keepit shoppie on the steps; the skweel loon's knife hid cuttit the mouldins; an fur near a generation, naebody hid cam tae hish awa thon antrin veesitors or tae repair their blichts.

Mr Enfield an the solicitor wir on the ither side o the by-wynd; bit fin they cam abreist o the entry, the former heistit up his cane an pynted.

"Did ye iver see thon yett?" he speired; an fin his fier hid replied that he hid, "It is conneckit in ma thochts," addit he, "wi a verra unca tale."

"Indeed?" quo Mr Utterson, wi a slicht cheenge o voyce, "an fit wis thon?"

"Weel, it wis this wey," Mr Enfield made repon: "I wis comin hame frae some airt at the eyn o the warld, aboot three o'clock o a blaik winter mornin, an ma wey lay ben a pairt o toon far there wi literally naethin tae be seen bit lichts. Street efter street an aa them asleep—street efter street, aa lichtit up as gin fur a procession an aa as teem as a kirk—till at the hinnereyn I fell intae thon state o thocht fin a cheil lippens an lippens an sterts tae lang fur the sicht o a polis cheil. Aa at aince, I saw twa corps: ane a wee cheil fa wis stampin alang eastwird at a gweed wauk, an the ither a quine o mebbe echt or ten fa wis rinnin as hard as she could doon a cross street. Weel, sir, the twa ran intae ane anither natural eneuch at the neuk; an syne cam the gyad-sake pairt o the thing; fur the cheil trampit calm ower the bairns's corp an left her skirlin on the grun. It souns naethin tae hear, bit it wis hellish tae see. It wisnae like a cheil; it wis like some damned Juggernaut. I gaed a fyew skreichs, tuik

tae ma heels, grappit ma cheil, an brocht him back tae far there wis already a fair boorach aroon the skirlin bairn. He wis aathegither cweel an didnae jook awa, bit gaed me ae luik, sae ugsome that it brocht oot the swyte on me like rinnin. The fowk fa'd turned oot wir the quine's ain faimily; an rael sune, the doctor, fur fa she'd bin sent, appeared. Weel, the bairn wisnae muckle the waur, mair frichtened, accordin tae the Sawbanes; an there ye micht hae jaloused wid be an eyn tae it. Bit there wis ae fey maitter. I'd taen a dislike tae ma cheil at first sicht. Sae hid the bairn's faimily, which wis anely natural. Bit the doctor's case wis fit struck me. He wis the ordnar cut an dry Sawbanes, o nae partic'lar age an colour, wi a strang Embro accent an aboot as emotional as a bagpipe. Weel, sir, he wis like the lave o us; ilkie time he luikit at ma prisoner, I saw thon Sawbanes turn seek an fite wi wintin tae kill him. I kent fit wis in his thochts, jist as he kent fit wis in mine; an killin bein ooto haun, we did the neist best. We telt the cheil we could an wid makk sic a stooshie ooto this as wid makk his nemme guff frae ae eyn o Lunnon tae the ither. Gin he'd ony friens or ony credit, we unnertuik that he wid loss them. An aa the time, as we wir pitchin it in reid hett, we wir haudin the weemen aff him as weel's we could fur they wir as wud as harpies. I niver saw a cercle o sic hatefu physogs an there wis the cheil in the mids, wi a kinno blaik sneerin cweelness—frichtened as weel, I could see thon—bit cairryin it aff, sir, raelly like Auld Clootie. 'Gin ye wint tae make siller ooto this mishanter,' quo he, 'I am naturally helpless. Ony cheil wid wint tae jook a tirravee,' quo he. 'Nemme yer sum.' Weel, we screwed him up tae a hunner puns fur the bairn's faimily; he wid hae clearly wintit tae stick oot; bit there wis somethin aboot the heeze o us that meant mischief, an at the hinnereyn he struck. The neist thing wis tae get the siller; an

far dae ye think he cairried us bit tae thon airt wi the yett?—
wheeched oot a key, gaed in, an sune cam back wi ten puns
in gowd an a cheque fur the balance on Coutts's, drawn
peyable tae bearer an signed wi a nemme that I canna
mention, tho it's ane o the pynts o ma tale, bit it wis a
nemme at least verra weel kent an aften prentit. The figure
wis heich; bit the signature wis gweed fur mair than thon gin
it wis anely genuine. I tuik the liberty o pyntin oot tae ma
cheil that the hale ongaun luikit apocryphal, an that a cheil
disnae, in real life, wauk intae a cellar yett at fower in the
mornin an cam oot wi anither cheil's cheque fur nearhaun
a hunner pun. Bt he wis unca easy an sneerin. 'Dinna fash
yersel,' quo he, 'I'll bide wi ye till the banks open an cash
the cheque masel.' Sae we aa set aff, the doctor, an the
bairn's faither, an oor frien an masel, an spent the lave o the
nicht in ma chaumers; an neist day, fin we'd brakkfaisted,
gaed in aathegither tae the bank. I haundit in the cheque
masel, an said I'd ilkie rizzon tae believe it wis a swick. Nae
a bit o it. The cheque wis genuine."

"Ma Certes," quo Mr Utterson.

"I see ye feel as I dae," quo Mr Enfield. "Aye, it's a fey
story. Fur ma cheil wis a body that naebody could hae tae
dae wi, a really deevilish cheil; an the body that drew the
cheque is the verra pink o the proprieties, weel kent as weel,
an (fit makks it war) ane o yer fowk fa dae fit they caa gweed.
Blaikmail I jalouse; an honest cheil pyin a rowth o siller fur
some o the pliskies o his youth. Blaikmail Hoose is fit I caa
the placie wi the yett, in theraifter. Tho even thon, ye ken,
is far frae explainin aa," he addit, an wi the wirds drappit
inno a whyle o musin.

From thon he wis recaad by Mr Utterson speirin raither
sudden-like: "An ye dinna ken gin the draaer o the cheque
bides thonner?"

"An unca airt, is it nae?" remairked Mr Enfield. "Bit I hae taen tent o his address; he bides in some squar or ither."

"An ye niver speired aboot the—airt wi the yett?" quo Mr Utterson.

"Na, sir: I hid a dweebleness," wis the repon. "I feel verra strang aboot pittin speirins; it's ower muckle o the style o the day o joodgement. Ye stert a speirin, an it's like stertin a stane. Ye sit quate on the tap o a knowe; an awa the stane gaes, stertin ithers; an syne some fooshunless auld birdie (the hinmaist ye wid hae thocht o) is chappit on the heid in his ain back gairden an the faimily hae tae cheenge their nemme. Na sir, I makk it a rule o mine: the mair it luiks like Fremmit Street, the less I speir."

"A verra gweed rule, as weel," quo the solicitor.

"Bit I hae spied oot the placie fur masel," cairriet on Mr Enfield. "It seems scarce a hoose. There's nae ither yett, an naebody gaes in or oot o thon ane bit, aince in a lang whylie, the cheil o ma happenin. There are three windaes luikin on the coort on the first fleer; nane aneth; the windaes are aywis steekit bit they're clean. An syne there's a lum which is near aye rikkin; sae somebody maun bide there. An yet it's nae sae siccar; fur the biggins are sae packit thegether aboot the coort, that it's hard tae say far ane eyns an anither sterts."

The pair wauked on again fur a whylie in seelence; an syne "Enfield," quo Mr Utterson, "thon's a gweed rule o yours."

"Ay, I think it is," Enfield made repon.

"Bit fur aa that," gaed on the lawyer, "there's ae pynt I wint tae speir: I wint tae speir the nemme o thon cheil fa wauked ower the bairn."

"Weel," quo Mr Enfield, "I canna see fit herm it wid dae. It wis a cheil o the nemme o Hyde."

"Hm," spak Mr Utterson. "Fit kinno a cheil is he tae see?"

"He's nae easy tae describe. There's somethin wrang wi his luiks; somethin unpleisunt, somethin doon-richt scunnerin. I niver saw a cheil I sae mis-likit, an yet I scarce ken foo. He maun be misformed somewey; he gies a strang feelin o distortion, though I couldnae specifee the pynt. He's an unca luikin cheil, an yet I raelly canna nemme onythin ooto the ordnar. Na, sir; I can makk nae haun o it; I canna describe him. An it's nae wint o myndin; fur I tell ye I can see him this meenit."

Mr Utterson again waukit some wey in seelence an obviously unner a wecht o thocht. "Ye're siccar he made eese o a key?" he speired at the hinnereyn.

"Ma dear sir…" stertit Enfield, joggit ooto himsel.

"Aye, I ken," quo Utterson; "I ken it maun seem fey. The fack is, gin I dinna speir ye the nemme o the ither piarty, it's because I ken it already. Ye see, Richard, yer tale his gane hame. Gin ye hae bin wrang in ony pynt ye'd better correck it."

"I think ye micht hae warned me," spakk the ither wi a thochtie's dourness. "Bit I hae bin pernickity exack, as ye caa it. The cheil hid a key; an fit's mair, he his it still. I saw him makk eese o't nae a wikk syne."

Mr Utterson maned deep bit niver said a wird; an the young cheil betimes restertit. "Here's anither lesson tae say naethin" quo he. "I'm affrontit o ma lang tongue. Lat us makk a bargain niver tae spikk o this again."

"Wi aa ma hairt," the solicitor telt them. "I shakk hauns on thon, Richard."

Chapter II

Hunt fur Mr Hyde

Thon evenin, Mr Utterson cam hame tae his bachelor hoose in dreich speerits an sat doon tae denner wioot hunger. It wis his wye o a Sabbath, fin thon meal wis ower, tae bide nearby the lowe, a heeze o some dry diveenity on his readin brod, until the knock o the neebourin kirk rang oot the oor o twal, fin he wid gae dowie an gratefu tae bed. On this nicht, hoosaeiver, as sune as the claith wis taen awa, he tuik up a caunle an gaed intae his wirk chaumer. Syne he unsteekit his safe, tuik frae the maist private pairt o it a document stampit on the envelope as Dr Jekyll's Will, an sat doon wi a clouded broo tae study fit it said. The will wis holograph, fur Mr Utterson, tho he tuik chairge o it noo that it wis vrocht, hid refused tae len the smaaest help in the makkin o it; it provided nae anely that, in case o the daith o Henry Jekyll, M.D., D.C.L., L.L.D., F.R.S., etc., aa his gear wis tae gyang intae the hauns o his "frien an benefactor Edward Hyde," bit that in the case o Dr Jekyll's "vanishin or unexplained absence fur ony period ayont three calendar months," the said Edward Hyde should step intae the said Henry Jekyll's sheen wioot mair devaul an free frae ony wecht or duty, ayont the pyement o a fyew smaa sums tae the memmers o the doctor's hoosehauld. Thon document

hid lang bin the solicitor's ee-sair. It scunnered him baith as a solicitor an as a luver o the sane an ordnar pairts o life, tae fa the fancifu wis the immodest. An afore it wis his unkennin o Mr Hyde that hid swalled his ootrage; noo, by a sudden turn, it wis his kennin. It wis already coorse eneuch fin the nemme wis jist a nemme o which he could larn nae mair. It wis waur fin it stertit tae be claithed wi orra traits; an ooto the shiftin, marraless mists that hid sae lang bumbazed his ee, there lowped up the sudden, siccar forewarnin o a deevil.

"I thocht it wis wudness," quo he, as he replaced the fooshty paper in the safe, "an noo I stert tae fear it's disgrace."

Wi thon he blew oot his caunle, pit on a great coat, an set furth in the wye o Cavendish Squar, thon fortress o medicine, far his frien, the great Dr Lanyon, hid his hoose an received his heeze o patients. "Gin onybody kens, it'll be Lanyon," he'd thocht.

The dowie butler kent an walcomed him; he wis subjecktit tae nae pairt o devaul, bit hished direck frae the yett tae the dinin-chaumer far Dr Lanyon sat alane ower his wine. This wis a hairty, healthy, snod, reid-chikked cheil, wi a shock o hair premature fite, an a bosky an firm mainner. At the sicht o Mr Utterson, he lowpit up frae his cheer an walcomed him wi baith hauns. The couthieness, as wis the wye o the cheil, wis a thochtie theatrical tae the ee; bit it wis foondit on genuine feelin. Fur thon twa wir auld friens, auld fiers baith at skweel an college, baith throwe an throwe respeckers o thirsels an o each ither, an, fit disnae aywis follae, cheils fa aathegither likit each ither's company.

Efter a wee wheen blethers, the solicitor led up to the subjeck which sae sairly wechtit his thochts.

"I jalouse, Lanyon," quo he, "ye an I maun be the twa auldest friens that Henry Jekyll his?"

"I wish the friens wir younger," keckled Dr Lanyon. "Bit I jalouse we are. An fit o thon? I scarce see him noo."

"Is thon richt?" quo Utterson. "I thocht ye'd a bond o common interest."

"We hid," wis the repon. "Bit it's mair than ten years since Henry Jekyll becam ower fancifu fur me. He stertit tae gae wrang, wrang in the heid; an tho o coorse I continue tae takk an interest in him fur auld lang syne as they say, I see an I hae seen deevilish little o the cheil. Sic unscientific styte," addit the doctor, reiddenin, "wid hae estranged Damon an Pythias."

This wee speerit o temper wis something o a relief tae Mr Utterson. "They hae anely argyed on some pynt o science," he thocht an bein a cheil o nae scientific passions (except in the maitter o conveyancin) he even addit: "It's naethin waur than thon!" He gaed his frien a fyew secunts tae cam tae himsel, an syne spakk the question he'd cam tae pit. "Did ye iver cam across a protégé o his—ane Hyde?" he speired.

"Hyde?" repeatit Lanyon. "Na. Niver heard o him. Since my time."

Thon wis the amount o news that the solicitor cairried back wi him tae the muckle, derk bed on which he rowed back an fore, until the smaa oors o the mornin stertin tae growe large. It wis a nicht o sma ease tae his warsslin harns, tyauvin in mere derkness an thrang by speirins.

Sax o'clock struck on the bells o the kirk that wis sae handily near tae Mr Utterson's hoose, an still he wis howkin at the problem. Afore it hid kittled him on the intellectual side alane; bit noo his imagination as weel wis eident, or raither enslaved; an as he lay an in the rummlit in the unca derkness o the nicht an the curtained chaumer, Mr Enfield's tale gaed by afore his thochts in a ream o lichtit pictures. He wid be awaur o the muckle heeze o lamps o a toon at nicht;

syne o the body o a cheil waukin faist; syne o a bairn rinnin frae the doctor's; an syne thon met, an thon human Juggernaut trampit the bairn doon an gaed on regairdless o her skirls. Or else he wid see a chaumer in a rich hoose, far his frien lay asleep, dreamin an smilin at his dreams; an syne the yett o thon chaumer wid be unsteekit, the curtains o the bed pairtit, the sleeper recaad, an certes! thonner wid staun by his side a body tae fa pouer wis gien, an even at thon deid oor, he maun rise an dae its will. The body in thon twa phases hauntit the solicitor aa nicht; an gin at ony time he doveret ower, it wis bit tae see it skyte mair sleekit ben sleepin hooses, or meeve the mair faist an still the mair faist, even tae dizziness, throwe braider labyrinths o lamp-lichtit toon, an at ilkie street neuk trample a bairn an leave her skirlin. An still the body hid nae physog by which he micht ken it; even in his dwaums, it hid nae physog, or ane that bumbazed him an meltit afore his een; an sae it wis that there lowpit up an grew great in the solicitor's harns an unca strang,near a byordnar,ill fashence tae see the physog o the real Mr Hyde. Gin he could bit aince set een on him, he thocht the mystery wid lichten an mebbe rowe aathegither awa, as wis the wye o mysterious ferlies fin weel examined. He micht see a rizzen fur his frien's fey choyce or thralldom (caa it fit ye like) an even fur the stertlin clauses o the will. At least it wid be a physog wirth seein: the physog o a cheil fa wis merciless: a physog that hid bit tae shaw itsel tae heist up, in the harns o the unimpressionable Enfield, a speerit o ongaun hatred.

Frae thon time forrit, Mr Utterson stertit tae haunt the yett in the by-wynd o shoppies. In the mornin afore office oors, at noon fin business wis thrang, an time scarce, at nicht unner the face o the misty toon meen, by aa lichts an at aa

oors o alaness or concourse, the solicitor wis tae be fand on his chusen post.

"Gin he be Mr Hyde," he'd thocht, "I'll be Mr Seek."

An at the hinnereyn his patience wis rewardit. It wis a fine dry nicht; cranreuch cauld in the air; the cassies as clean as a daunce haa fleer; the lamps, unshakken, by ony win, drawin a reg'lar pattern o licht an shadda. By ten o'clock, fin the shoppies wir steekit, the by-wynd wis unca lane an, in spite o the laigh gurr o Lunnon frae aa roon, verra seelent. Smaa souns cairried hyne; domestic souns oot o the hooses wir clearly heard on either side o the roadwye; an the hint o the camin o ony traiveller gaed afore him by a lang time. Mr Utterson hid bin a wheen meenits at his post, fin he wis awaur o an oorie, licht fitstep drawin near. In the coorse o his nichtly stravaigs, he'd lang growne eesed tae the fey effeck wi which the fitfaas o a single body, while he's still a hyne wye aff, o a suddenty lowp oot clear frae the muckle hum an stramash o the toon. Yet his attention hid niver afore bin sae sherp an decisive grippit; an it wis wi a strang, superstitious prevision o success that he drew back intae the entry o the coort.

The steps cam faist nearer, an swalled oot o a suddenty looder as they turned the eyn o the street. The solicitor, luikin furth frae the entry, could sune see fit mainner o cheil he hid tae deal wi. He wis smaa an verra ordnar riggit oot, an the luik o him, even at thon distance, gaed somewey strangly agin the onluiker's likin. Bit he gaed straicht fur the yett, crossin the roadwey tae save time; an as he cam, he tuik a key frae his pooch like ane approachin hame.

Mr Utterson steppit oot an touched him on the shouder as he gaed by. "Mr Hyde, I think?"

Mr Hyde coored back wi a hissin intakk o breath. Bit his fleg wis anely short; an tho he didnae luik the solicitior in

the ee, he made repon cweelly eneuch: "Thon's ma nemme. Fit dae ye wint?"

"I see ye're gaun in," the solicitor telt him. "I'm an auld frien o Dr Jekyll's—Mr Utterson o Gaunt Street—ye maun hae heard ma nemme; an meetin ye sae chauncy, I thocht ye micht lat me in."

"Ye winna finn Dr Jekyll; he's awa frae hame," quo Mr Hyde, blawin on the key. An syne o a suddenty, bit still wioot luikin up, "Foo did ye ken me?" he speired.

"On yer side," quo Mr Utterson, "will ye dae me a favour?"

"Wi pleisur," the ither made repon. "Fit shall it be?"

"Will ye lat me see yer face?" speired the solicitor.

Mr Hyde luikit tae devaul, an syne, as gin upon some sudden thocht, birled aboot wi an air o defiance; an the twa glowered at each ither steidy fur a fyew secunts. "Noo I'll ken ye again," quo Mr Utterson. "It micht be eesefu."

"Aye," quo Mr Hyde. "It's as weel we hae met; an *à propos*, ye should hae ma address." An he gaed a nummer o a street in Soho.

"Gweed God!" thocht Mr Utterson, "can he hae bin thinkin o the will as weel?" Bit he keepit his feelins tae himsel an anely grumfed in gainin the address.

"An noo," quo the ither, "foo did ye ken me?"

"By description," wis the repon.

"Fas description?"

"We hae common friens," quo Mr Utterson.

"Common friens?" echoed Mr Hyde, a thochtie hairsely. "Fa are they?"

"Jekyll, fur instance," quo the solicitor.

"He niver telt ye," skreiched Mr Hyde, wi a reiddenin o roose. "I didnae think ye wid hae leed."

"Fegs," quo Mr Utterson, "thon's nae wye tae spikk."

The ither gurred lood intae a wud lauch; an the neist meenit, wi byordnar speed, he'd unsteekit the yett an disappeared intae the hoose.

The solictor stude awhile fin Mr Hyde hid left him, the pictur o a body misfittit. Syne he stertit slawly tae moont the street, dauchlin ilkie step or twa an pittin his haun tae his broo like a cheil dumfounert. The problem he wis sae warsslin wi as he wauked, wis ane o a sort nae aften solved. Mr Hyde wis peely wally an dwarfish, he gaed aff the luik o deformity wioot ony nemmeable malformation, he'd an ill-faured smile, he'd cairried himsel tae the solicitir wi a kinno murd'rous mellin o fearieness an bauldness, an he spakk wi a roch, fusperin an a brukken voyce; aa thon wir pynts agin him, bit nae aa o thon thegether could explain the untae noo unkent scunner, ill-like, an fear wi which Mr Utterson saw him. "There maun be some ither ferlie," quo the bumbazed cheil. "There's somethin mair, gin I could finn a nemme fur it. God bliss me, the cheil seems scarce human! Somethin troglodytic, micht we say? Or can it be the auld tale o Dr Fell? Or is't the mere sheen o an orra sowel that sae cheenges throwe, an transmogrifees, its clay corp? The hinmaist, I think; fur O ma puir auld Harry Jekyll, gin iver I read Auld Clootie's merk on a physog, it's on thon o yer new frien."

Roon the neuk frae the by-wynd, there wis a squar o auncient, braa hooses, noo fur the maist pairt bladdit frae their heich estate an lat in flats an chaumers tae aa sorts an makk o cheils: map-engravers, architects, ill-daein solicitors, an the agents o fey dargs. Ae hoose, hoosaeiver, secunt frae the neuk, wis still occupeed entire; an at the yett o thon, that hid a great air o siller an comfort, tho it wis noo drookit in derkness except fur the fan-licht, Mr Utterson stoppit an chappit. A weel-riggit, auld servant unsteekit the yett.

"Is Dr Jekyll at hame, Poole?" speired the solicitir.

"I'll see, Mr Utterson," quo Poole, lattin in the veesitor, as he spakk, intae a muckle, laigh-reefed, comfy haa, paved wi flags, warmed (efter the style o a kintra hoose) by a bricht, open lowe, an furnished wi preecious presses o aik. "Will ye wyte here by the lowe, sir? Or shall I gie ye a licht in the dinin chaumer?"

"Here, thank ye," quo the solicitior, an he drew near an leaned on the heich fender. This haa, in which he wis noo left alane, wis a pet fancy o his frien the doctor's; an Utterson himsel wis eesed tae spikk o it as the pleisuntest chaumer in Lunnon. Bit the nicht there wis a jeel in his bluid; the physog o Hyde wyed wechty on his myndin; he felt (fit wis rare wi him) a seekness an scunner o life; an in the wae o his speerits, he seemed tae read a menace in the flichterin o the firelicht on the polished presses an the uneasy stertin o the shaddae on the reef. He wis affrontit o his relief, fin Poole sune cam back tae say that Dr Jekyll hid gaen oot.

"I saw Mr Hyde gae in by the auld dissectin chaumer yett, Poole," quo he. "Is thon richt, fin Dr Jekyll is away frae hame?"

"Quite richt, Mr Utterson, sir," spakk the servant. "Mr Hyde his a key."

"Yer maister seems tae pit a rowth o trust in thon young cheil, Poole," cairriet the ither thinks.

"Aye, sir, he dis indeed," quo Poole. "We aa hae orders tae obey him."

"I dinna think I iver met Mr Hyde?" speired Utterson.

"Och, na na, sir. He niver etts here," the butler made repon. "Forbye we see verra little o him on this side o the hoose; he maistly cams an gaes by the laboratory."

"Weel, gweed nicht, Poole."

"Gweed nicht, Mr Utterson."

An the solicitor set oot hamewird wi a verra wechty hairt. "Puir Harry Jekyll," he thocht, "ma harns tell me he's in deep watters! He wis wud fin he wis young; a lang while syne tae be siccar; bit in the law o God, there's nae statute o leemitations. Ay, it maun be thon; the ghaist o some auld sin, the cancer o some happit disgrace: punishment camin, *pede claudo*, years efter myndin his forgotten an self-luve ower luikit the faut." An the solicitor, feart by the thocht, brooded a whyle on his ain past, raikin in aa the neuks o myndin, lest by chaunce some Loup-fae-the-Kist o an auld coorseness should lowp tae licht thonner. His past wis fairly pure; fyew cheils could read the facks o their life wi less worry; yet he wis hummlit tae the stoor by the mony ill ferlies he'd dane, an heistit up again intae a sober an fearfu thanks by the mony that he'd cam sae near tae daein, yet jinkit. An syne by a return on his former subjeck, he grippit a spirk o hope. "This Master Hyde, gin he wir studied," thocht he, "maun hae secrets o his ain; blaik secrets, by the luik o him; secrets aside which puir Jekyll's wirst wid be like sunsheen. Things canna gae on as they are. It turns me cauld tae think o thon craitur creepin like a thief tae Harry's bedside; puir Harry, fit a waukenin! An the danger o't; fur gin this Hyde suspecks the existence o the will, he micht growe impatient tae inherit. Ay, I maun pit ma shouder tae the wheel—gin Jekyll will jist lat me," he addit, "gin Jekyll will anely lat me." Fur aince mair he saw afore his harns as clear as glaiss, the fey clauses o the will.

Chapter III

Dr Jekyll wis Richt at Ease

A fortnicht later, by great gweed fortune, the doctor gaed ane o his pleisunt denners tae some five or sax auld friens, aa clivver, honest cheil an aa judges o gweed wine; an Mr Utterson sae planned it that he bedd ahin efter the ithers hid depairtit. This wis nae new arreengement, bit a thing that hid befaan mony scores o times. Far Utterson wis likit, he wis likit weel. Hosts lued tae haud ontae the dry solicitor fin the licht-hairted an the lowse-tongued hid already their fit at the ootgaun; they likit tae sit a whyle in his blate company, practisin fur laneness, soberin their harns in the cheils's rich seelence efter the expense an ootraxx o blytheness. Tae this rule, Dr Jekyll wis nae exception; an as he noo sat on the ither side o the lowe—a muckle, weel-vrocht, smeeth-faced cheil o fifty, wi somethin o a sleekit luik mebbe, bit ilkie merk o pouer an couthieness—ye could see by his luiks that he keepit fur Mr Utterson a true an warm likin.

"I hae bin wintin tae spikk tae ye, Jekyll," stertit the latter. "Ye ken thon will o yers?"

A close watcher micht hae gaithered that the subjeck wis distastefu; bit the doctor cairried it aff jocose. "Ma puir

Utterson," quo he, "yer unfortunate in sic a client. I niver saw a cheil sae sair made as ye wir by ma will; unless it wir thon oot an oot hair-splitter, Lanyon, at fit he caad ma scientific heresies. Och, I ken he's a gweed cheil—ye neednae froon—a braw cheil, an I aywis mean tae see mair o him; bit a richt pedant fur aa thon; a glekit, bare pedant. I wis niver mair disappyntit in ony cheil than Lanyon."

"Ye ken I niver likit it," gaed on Utterson, ruthlessly disregairdin the new topic.

"Ma will? Aye, certes, I ken thon," quo the doctor, a thochtie sherply. "Ye hae telt me sae."

"Weel, I tell ye sae again," gaed on the solicitor. "I hae bin larnin somethin o young Hyde."

The muckle braw physog o Dr Jekyll grew fite tae the verra lips, an there cam a blaikness aboot his een. "I dinna care tae hear mair," quo he. "This is a maitter I thocht we'd agreed tae drap."

"Fit I heard wis awfu," quo Utterson.

"It can makk nae cheenge. Ye dinna unnerstaun ma poseetion," spakk the doctor, wi a kinna incoherency o mainner. "I'm ill placed, Utterson; ma poseetion is verra fey—a verra fey ane. It's ane o thon affairs that canna be cheenged by spikkin."

"Jekyll," quo Utterson, "ye ken me: I'm a cheil tae be trustit. Makk a clean breist o this in confidence; an I makk nae doot I can get ye oot o it."

"My gweed Utterson," quo the doctor, "this is verra gweed o ye, this is doonright gweed o ye, an I canna finn wirds tae thank ye in. I believe ye fully; I wid trust ye afore ony cheil alive, ay, afore masel, gin I could makk the choyce; bit indeed it isnae fit ye think; it's nae sae coorse as thon; an jist tae pit yer gweed hairt at rest, I'll tell ye ae thing: the meenit I chuse, I can be quit o Mr Hyde. I gie ye ma haun upon

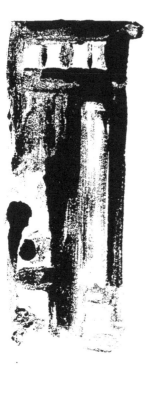

DR JEKYLL WIS RICHT AT EASE

thon; an I thank ye again an again; an I'll jist add ae wee wird, Utterson, that I'm siccar ye'll takk in gweed pairt: this is a private maitter, an I prig ye tae lat it sleep."

Utterson reflectkit a bittie luikin in the lowe.

"I hae nae doot ye're perfeckly richt," quo he at the hinnereyn, risin tae his feet.

"Weel, bit since we hae touched on this maitter, an fur the hinmaist time I hope," gaed on the doctor, "there's ae pynt I'd like ye tae unnerstaun. I hae really a verra great interest in puir Hyde. I ken ye hae seen him; he telt me sae; an I fear he wis rude. Bit I dae sincerely takk a great, a verra great interest in thon young cheil; an gin I'm taen awa, Utterson, I wint ye tae promise me that ye'll thole him an get his richts fur him. I think ye wid, gin ye kent aa; an it wid be a wecht aff ma harns gin ye wid promise."

"I canna makk on that I'll iver like him," quo the solicitor.

"I dinna seek thon," priggit Jekyll, layin his haun on the ither's airm; "I anely speir fur justice; I anely seek ye tae help him fur ma sake, fin I'm nae langer here."

Utterson gaed an uncontrollable maen. "Weel," quo he, "I promise."

Chapter IV

The Carew Murder Case

Near a year eftir, in the month o October 18—, Lunnon wis stertled by a crime o byordnar wudness an vrocht aa the mair merked by the heich poseetion o the victim. The facks wir fyew an stertlin. A maidie bidin alane in a hoose nae far frae the river, hid gane upstairs tae bed aboot eleyven. Tho a haar rowed ower the toon in the wee oors, the early pairt o the nicht wis cloudless, an the lanie, that the maidie's windae owerluikit, wis braw lichtit by the full meen. It seems she wis romantically gien, fur she dowpit doon on her kist, which stude richt unner the windae, an drappit intae a dwaum o thocht. Niver (she eesed tae say, wi reamin tears, fin she telt o thon experience) niver hid she felt mair at peace wi aa cheils or thocht mair kindly o the warld. An as she sae sat she becam awaur o an auld an braw cheil wi fite hair, drawin near alang the lanie; an gaun forrit tae meet him, anither an verra wee cheil, tae fa at first she pyed less tent. Fin they'd cam within spikk (which wis jist unner the maidie's een) the aulder cheil booed an greetit the ither wi a verra genteel mainner o politeness. It didnae seem as gin the subjeck o his spikk wir o muckle import; faith, frae his pyntin, it whyles appeared as gin he wis anely speirin his

wey; bit the meen sheened on his physog as he spakk, an the quine wis pleased tae watch it, it seemed tae breathe sic an innocent an auld-warld couthieness o natur, yet wi somethin heich as weel, as o a weel-foondit self-content. Syne her ee wanneret tae the ither, an she wis bumbazed tae ken in him a certain Mr Hyde, fa'd aince veesited her maister an fur fa she'd taen a dislike. He'd in his haun a wechty cane, wi which he wis ficherin; bit he spakk niver a wird, an seemed tae lippen wi an ill grippit-in roose. An syne aa o a suddenty he brakk oot in a muckle flame o fury, stampin wi his fit, furlin the cane, an cairryin on (as the maidie telt it) like a gyte body. The auld cheil tuik a step back, wi the luik o ane verra much bumbazed an a bittickie hurt; an at thon Mr Hyde brakk ooto aa bouns an cloored him tae the yird. An neist meenit, wi ape-like roose, he wis trampin his victim unner fit an dingin doon a heeze o dunts, unner which the banes wir loodly brukken an the corp lowpit on the roadwey. At the scunner o thon sichts an souns, the maidie feintit.

It wis twa o'clock fin she cam tae hersel an caad fur the polis. The murderer wis gane langsyne; bit thonner lay his victim in the mids o the lanie, unca manglit. The stick wi which the deed hid bin dane, tho it wis o some rare an unca teuch an wechty wid, hid brukken in the mids unner the wecht o thon sensless coorseness; an ae splintert hauf hid rowed in the neebourin drain—the ither, wioot doot, hid bin cairriet awa by the murderer. A purse an a gowd watch wir fand on the victim; bit nae cairds or papers, 'ceptin a steeked an stampit envelope, that he'd bin likely cairryin tae the post, an that bore the nemme an address o Mr Utterson.

Thon wis brocht tae the solicitor the neist mornin, afore he wis oot o bed; an he'd nae suner seen it, an bin telt the circumstances, than he pit oot a dowie lip. "I'll say naethin

till I hae seen the corp," quo he; "this micht be verra serious. Hae the gweedness tae wyte while I rigg." An wi the same dowie luik he hashed throwe his brakkfaist an drave tae the polis station, far the corp hid bin cairried. As sune as he cam intae the cell, he noddit.

"Aye," quo he, "I ken him. I'm sorry tae say that this is Sir Danvers Carew."

"Gweed God, sir," spakk the officer, "is't likely?" An the neist meenit his ee lichtit up wi professional virr. "This'll makk a richt stooshie," quo he . "An mebbe ye can help us win tae the cheil." An he shortsome telt fit the maidie hid seen, an shawed the brukken stick.

Mr Utterson hid already coored at the nemme o Hyde; bit fin the stick wis laid afore him, he couldnae doot nae langer: brukken an duntit as it wis, he kent it fur ane that he'd himsel gaen mony years afore tae Henry Jekyll.

"Is this Mr Hyde a bein o wee heicht?" he speired.

"Byordnar wee an byordnar coorse-luikin, is fit the maidie caas him," quo the officer.

Mr Utterson thocht; an syne, heistin his heid, "Gin ye'll cam wi me in ma cab," he telt them, "I think I can takk ye tae his hoose."

It wis by this time aboot nine in the mornin, an the first haar o the sizzon. A muckle chocolate-coloured shroud lowered ower heiven, bit the win wis aywis chairgin an routin thon fechtin airs; sae that as the cab creepit frae street tae street, Mr Utterson saw a mervellous nummer o degrees an hues o gloamin; fur here it wid be derk like the back-eyn o evenin; an there wid be a glimmer o a rich, skyrie broon, like the licht o some fey lowe; an here, fur a meenit, the haar wid be aathegither brukken up, an a weariet shaft o daylicht wid glent in atween the birlin wraiths. The dowie airt o Soho

seen unner thon cheengin glents, wi its dubby weys, an clarty gangrels, an its lamps, that hid niver bin smored or hid bin kinnlit afresh tae fecht this mournfu re-incam o derkness, seemed, in the solicitor's een, like an airt o some toon in a widdendreme. The thochts o his harns, forbye, wir o the dowiest kind; an fin he glisked at the fier o his hurl, he wis conscious o some tooshtie o thon fear o the law an the law's officers, that micht at whyles grip the maist honest.

As the cab drew up afore the address indicatit, the haar heistit a bittie an shawed him a dreich street, a gin boozer, a laigh French ettin hoose, a shoppie fur the sale o chaip paperbacks an twa penny salads, mony puir bairns cooried in the yett weys, an mony weemen o mony different nationalities gaun out, key in haun, tae hae a mornin glaiss; an the neist meenit the haar sattled doon again upon thon pairt, as broon as amber, an cut him aff frae thon coorse airt. This wis the hame o Henry Jekyll's pettie; o a cheil fa wis heir tae a quarter o a million sterlin.

A fite-physoged an siller-haired auld wumman unsteekit the yett. She'd a coorse physog, smeethed by fauseness; bit her mainners wir braw. Aye, quo she, this wis Mr Hyde's, bit he wisnae at hame; he'd bin in thon nicht verra late, bit hid gane awa again in less than an oor; there wis naethin oorie in thon; his weys wir verra irreg'lar, an he wis aften awa; fur instance, it wis near twa months since she'd seen him till yestreen.

"Verra weel syne, we wint tae see his chaumers," spak the solicitor; an fin the wumman stertit tae say it wis impossible, "I'd better tell ye fa this body is," he addit. "This is Inspector Newcomen o Scotland Yaird."

A glent o ugsome delicht cam ower the wumman's physog. "Ach!" quo she, "he's in tribble! Fit's he dane?"

Mr Utterson an the inspector excheenged luiks. "He disnae seem a verra weel likit body," remairked the latter. "An noo, ma gweed wumman, jist lat me an this cheil hae a keek aboot us."

In the hale o the hoose, which bit fur the auld wumman bedd itherwise teem, Mr Hyde hid anely made eese o twa chaumers; bit these wir rigged oot wi luxury an gweed taste. A closet wis stappit wi wine; the ashets wir o siller, the napery braw; a gweed pictur hung on the waas, a giftie (as Utterson jaloused) frae Henry Jekyll, fa wis a richt connoisseur; an the cairpets wir o mony plies an bonnie in colour. At this meenit, hoosaeiver, the chaumers hid ilkie merk o haein bin recent an faist rypit; claes lay aboot the fleer, wi their pooches inside oot; lockfaist drawers stude ajee; an on the hairth there lay a rowth o grey aisse, as tho mony papers hid bin brunt. Frae thon smush the inspector howked oot the dowp eyn o a green cheque buik, which hid held aff the force o the lowe; the ither hauf o the stick wis fand ahin the yett; an as this confirmed his suspicions, the officer wis himsel delichtit. A veesit tae the bank, far several thoosan puns wir fand tae be keepit tae the murderer's credit, tappit aff his pleisur.

"Ye micht depen on it, sir," he telt Mr Utterson: "I hae him in ma haun. He maun hae tint his harns, or he niver wid hae left the stick or, abune aa, brunt the cheque buik. Forbye, siller's life tae the cheil. We hae naethin tae dae bit wyte fur him at the bank, an get oot the haunbills."

Thon last, hoosaeiver, wisnae sae easy tae dae; fur Mr Hyde hid nummered fyew fiers—even the maister o the servant-maidie hid anely seen him twice; his faimily could naewye be fand; he'd niver bin photographed; an the fyew fa could describe him differed wide-like, as ordnar watchers will. Anely on ae pynt, wir they agreed; an thon wis the

49

hauntin sense o unspukken deformity wi which the escapee pressed on his observers.

CHAPTER V

MAITTER O THE LETTER

It wis late in the efterneen, fin Mr Utterson fand his wey tae Dr Jekyll's yett, far he wis at aince lat in by Poole, an taen doon by the kitchie offices an ben a yaird that hid aince bin a gairden, tae the biggin which wis whyles kent as the laboratory or the dissectin chaumers. The doctor hid bocht the hoose frae the heirs o a weel kent saw banes; an his ain tastes bein raither chemical than anatomical, hid cheenged the airt o the block at the boddom o the gairden. It wis the first time that the solicitor hid bin received in thon pairt o his frien's quarters; an he eed the dreich windaeless biggin wi ill faschence, an glowered roon wi a distastefu sense o feyness as he crossed the theatre, aince thrang wi keen students an noo lyin skeletal an seelent, the brods wechtit wi chemical gear, the fleer skittered wi crates an skirpit wi packin straae, an the licht faain blae ben the misty cupola. At the farrer eyn, a flicht o stairs raise tae a yett happit wi reid baize; an ben this, Mr Utterson wis at the hinnereyn taen intae the doctor's press. It wis a muckle chaumer, fittit roon wi glaiss presses, riggit, amang ither ferlies, wi a cheval-glaiss an a business brod, an luikin oot on the coort by three stoory windaes barred wi iron. The lowe brunt in the hairth; a lamp wis set lichtit on the lum shelf, fur even in the hooses

the haar stertit tae lie thick; an there, near up tae the warmth, sat Dr Jekyll, luikin deidly seek. He didnae staun tae meet his veesitor, bit held oot a cauld haun an badd him walcome in a cheenged voyce.

"An noo," quo Mr Utterson, as sune as Poole hid left them, "ye hae heard the news?"

The doctor chittered. "They wir cryin it in the squar," he made repon. "I heard them in ma dinin chaumer."

"Ae wird," spakk the solicitor. "Carew wis my client, bit sae are ye, an I wint tae ken fit I'm daein. Ye hinna bin gyte eneuch tae hide this cheil?"

"Utterson, I sweir tae God," grat the doctor, "I sweir tae God I'll niver set een on him again. I bind ma honour tae ye that I'm dane wi him in this warld. It's aa at an eyn. An forbye he disnae wint ma help; ye dinna ken him as I dae; he's safe, he's richt safe; merk ma wirds, he'll niver mair be heard o."

The solicitor lippened dowie like ; he didnae like his frien's heatit mainner. "Ye seem richt sure o him," quo he; "an fur yer sake, I hope ye micht be richt. Gin it cam tae a trial, yer nemme micht appear."

"I'm aathegither sure o him," Jekyll telt him; "I hae gruns fur certainty that I canna share wi onybody. Bit there is ae thing on which ye micht advise me. I hae—I hae gotten a letter; an I'm at a loss whether I should shaw it tae the polis. I'd like tae pit it in yer hauns, Utterson; ye'd judge wycely, I'm siccar; I hae sae muckle trust in ye."

"Yer feart, I jalouse, that it micht lead tae his detection?" speired the solicitor.

"Na," quo the ither. "I canna say that I care fit becams o Hyde; I'm aathegither dane wi him. I wis thinkin o ma ain character, that this hatefu maitter his raither bared."

Utterson thocht a whyle; he wis bumbazed at his frien's selfishness, an yet relieved by it. "Weel," quo he, at the hinnereyn, "lat me see the letter."

The letter wis scrieved in a fremmit, upricht haun an signed "Edward Hyde": an it signifeed, brief eneuch, that the scriever's benefactor, Dr Jekyll, fa he'd fur lang sae unwirthily repyde fur a thoosan generosities, need thole nae fear fur his safety, as he'd wyes o escape o which he wis siccar. The solicitor likit this letter weel eneuch; it pit a better slant on the closeness than he'd luikit fur; an he blamed himsel fur some o his past suspicions.

"Hae ye the envelope?" he speired.

"I brunt it," quo Jekyll, "afore I thocht fit I wis daein. Bit it cairriet nae postmerk. The note wis haundit in."

"Shall I keep this an sleep on it?" speired Utterson.

"I wish ye tae judge fur me aathegither," wis the repon. "I hae tint confidence in masel."

"Weel, I'll think," remairked the solicitor. "An noo ae wird mair: it wis Hyde fa dictatit the terms in yer will aboot thon disappearance?"

The doctor seemed grippit wi a spell o feintness: he steekit his mou ticht an noddit.

"I ken it," quo Utterson. "He meant tae murder ye. Ye hae hid a fine escape."

"I hae hid fit is far mair tae the purpose," spakk the doctor solemn like: "I hae hid a lesson—Och God, Utterson, fit a lesson I hae hid!" An he happit his physog fur a meenit wi his hauns.

On his wey oot, the solicitor stoppit an hid a wird or twa wi Poole. "By the wey," quo he, "there wis a letter haundit in the day: fit wis the messenger like?" Bit Poole wis siccar naethin hid cam except by post; "an anely circulars at that," he addit.

This news sent aff the veesitor wi his flegs renewed. Plainly the letter hid cam by the laboratory yett; possibly, forbye, it hid bin scrieved in the cabinet; an gin thon wis sae, it maun be different judged, an haunlit wi mair caution. The news loons, as he gaed, wir skreichin thirsels hairse alang the fitweys: "Speecial edition. Ugsome murder o an M.P." Thon wis the funeral spikk o ae frien an client; an he couldnae help a bittie worry lest the gweed nemme o anither should be sookit doon in the furlygush o the scandal. It wis, at least, an unca deceesion that he'd tae makk; an self-reliant as he wis by natur, he stertit tae hae a langin fur advice. It wisnae tae be gotten direck; bit mebbe, he thocht, it micht be fished fur.

Sune efter, he sat on ae side o his ain hairth, wi Mr Guest, his heid clerk, upon the ither, an mid wye atween, at a fine distance frae the lowe, a bottle o a partic'lar auld wine that hid lang dwalt unsunned in the founs o his hoose. The haar still sleepit on the wing abune the drooned toon, far the lamps glentit like carbuncles; an throwe the muffle an smore o thon drappit clouds, the ongaun o the toon's life wis aye rowin in ben the muckle arteries wi a soun like a michty win. Bit the chaumer wis blythe wi firelicht. In the bottle the acids wir langsyne sattled; the imperial dye hid saftened wi time, as the colour growes richer in stained windaes; an the sheen o hett autumn efterneens on brae side vineyairds wis ready tae be set free tae haud aff the haars o Lunnon. Gradual, the solicitor thawed. There wis nae cheil frae fa he keepit fyewer secrets than Mr Guest; an he wisnae aywis siccar that he keepit as mony as he meant. Guest hid aften bin on business tae the doctor's; he kent Poole; he could scarce hae failed tae hear o Mr Hyde's familiarity aboot the hoose; he micht draw conclusions: wis it nae as weel, syne, that he should see the letter an pit thon mystery tae richts? An abune aa since Guest, bein a gran student an critic o haun scrievin,

wid think the step natural an obleegin? The clerk, mairower, wis a cheil o coonsel; he wid scarce read sae fremmit a document wioot drappin a remairk; an by thon remairk Mr Utterson micht shape his wey aheid.

"This is a waesome business aboot Sir Danvers," quo he.

"Aye, sir, fairly. It's caused a rowth o public feelin," spakk Guest. "The cheil, of coorse, wis gyte."

"I'd like tae hear yer views on thon," Utterson made repon. "I hae a document here in his haun scrievin; it's atween oorselves, fur I scarce ken fit tae dae aboot it; it's an ugsome maitter at the best. Bit there it is; jist yer line o wirk: a murderer's autograph."

Guest's een brichtened, an he sat doon at aince an studied it wi virr. "Na, sir," quo he "nae gyte; bit it's a fey haun."

"An by aa accoonts a verra fey scriever," addit the solicitor.

Jist syne the servant cam in wi a note.

"Is thon frae Dr Jekyll, sir?" speired the clerk. "I thocht I kent the scrievin. Onythin private, Mr Utterson?"

"Anely an invite tae denner. Foo? D'ye wint tae see it?"

"Ae meenit. I thank ye, sir"; an the clerk laid the twa sheets o paper alangside an cannily compeered their contents. "Thank ye, sir," quo he at the hinnereyn, giein back baith; "it's a verra interestin autograph."

There wis a devaul, durin which Mr Utterson warssled wi himsel. "Foo did ye compeere them, Guest?" he speired o a suddenty.

"Weel, sir," quo the clerk, "there's a raither merked resemblance; the twa hauns are in mony pynts identical: anely differently sloped."

"Raither fey," Utterson made repon.

"It is, as ye say, raither fey," Guest telt him.

"I widnae spikk o this note, ye ken," quo the maister.

"Na, sir," the clerk spakk. "I unnerstaun."

Bit nae suner wis Mr Utterson alane thon nicht than he lockit the note in his safe, far it bedd frae thon time forrit. "Fit!" he thocht. "Henry Jekyll forge fur a murderer!" An his bluid ran cauld in his veins.

CHAPTER VI

THE UNCA MAITTER O DR LANYON

Time gaed on; thoosans o puns wir offered in reward, fur the daith o Sir Danvers wis resented as a public hurt; bit Mr Hyde hid vanished oot o the ken o the polis as tho he'd niver lived. A rowth o his past wis howked up, forbye, aa ill: tales cam oot o the cheil's coorseness, at aince sae cauld an forcie, o his dreidfu life, o his fey fiers, o the hatred that seemed tae hae follaed him; bit o his present airt, nae a fusper. Frae the time he'd left the hoose in Soho on the mornin o the murder, he wis simply blottit oot; an gradual, as time drave on, Mr Utterson stertit tae recover frae the hettness o his begeck, an tae growe mair at peace wi himsel. The daith o Sir Danvers wis, tae his wey o thinkin, mair than pyed fur by the disappearance o Mr Hyde. Noo that thon evil pouer hid bin withdrawn, a new life stertit fur Dr Jekyll. He cam ooto his alaneness, renewed frienships, becam aince mair their weel kent guest an entertainer; an whyle he'd aywis bin kent fur charities, he wis noo nae less kent fur religion. He wis eident, he wis aften in the open air, he did gweed; his physog seemed tae open an brichten, as gin wi an inbye awaurness o service; an fur mair than twa months, the doctor wis at peace.

On the 8th of January Utterson hid dined at the doctor's wi a wee pairty; Lanyon hid bin there; an the physog o the host hid luikit frae ane tae the ither as in the auld days fin the trio wir close friens. On the 12th, an again on the 14th, the yett wis steekit agin the solicitor. "The doctor wis keepit tae the hoose," quo Poole, "an saw naebody." On the 15th, he tried again, an wis again refused; an haein noo bin eesed fur the hinmaist twa months tae see his frien near daily, he fand thon return o alaneness tae wye upon his speerits. The fifth nicht he hid in Guest tae dine wi him; an the sixth he tuik himsel tae Dr Lanyon's.

There at least he wisnae denied incam; bit fin he cam in, he wis bumbazed at the cheenge that hid taen place in the doctor's luik. He'd his daith-warrant scrieved clear on his physog. The reid chikkit cheil hid grown peely wally; his creash hid drappit awa; he wis veesibly baulder an aulder; an yet it wisnae sae muckle thon merks o a faist pheesical dwinin that tuik the solicitor's note, as a luik in the ee an mainner that seemed tae testifee tae some deep-seated fleg o the harns. It wisnae like that the doctor should be feart o daith; an yet thon wis fit Utterson wis tempted tae suspect. "Aye," he thocht; "he's a doctor, he maun ken his ain state an that his days are coontit; an the kennin is mair than he can thole." An yet fin Utterson remairked on his ill-luiks, it wis wi an air o muckle firmness that Lanyon caad himsel a doomed cheil.

"I hae hid a begeck," quo he, "an I'll niver recover. It's a maitter o wikks. Weel, life his bin pleisunt; I likit it; aye, sir, I eesed tae like it. I whyles think gin we kent aa, we'd be mair gled tae win awa."

"Jekyll's ill, as weel," quo Utterson. "Hae ye seen him?"

Bit Lanyon's luiks cheenged, an he held up a trimmlin haun. "I wish tae see or hear nae mair o Dr Jekyll," he spakk

in a lood, unsteidy voyce. "I'm fair dane wi thon body; an I prig that ye'll spare me ony mention o ane fa I regard as deid."

"Feech," quo Mr Utterson; an syne efter a fair devaul, "Can I dae onythin?" he speired. "We are three verra auld friens, Lanyon; we'll nae live tae makk ithers."

"Naethin can be dane," spakk Lanyon; "speir at himsel."

"He winna see me," the solicitor telt him.

"I'm nae bumbazed at thon," wis the repon.

"Ae day, Utterson, efter I'm deid, ye micht mebbe cam tae larn the richt an wrang o this. I canna tell ye. An in the meantime, gin ye can sit an spikk wi me o ither things, fur God's sake, bide an dae sae; bit gin ye canna keep clear o thon damned topic, syne, in God's nemme, gae, fur I canna thole it."

As sune as he won hame, Utterson sat doon an scrieved tae Jekyll, girnin aboot his exclusion frae the hoose, an speirin the cause o this waesome brakk wi Lanyon; an the neist day brocht him a lang repon, aften unca peetifu wirdit, an whyles derkly mysterious in content. The argyment wi Lanyon wis ayont mendin. "I dinna blame oor auld friend," Jekyll scrieved, "bit I share his view that we maun niver foregaither. I mean frae noo tae lead a life o unca alaneness; ye maunna be bumbazed, nur maun ye doot ma frienship, gin ma yett is aften steekit even tae yersel. Ye maun lat me gae ma ain derk wey. I hae brocht on masel a punishment an a danger that I canna nemme. Gin I'm the chief o sinners, I'm the chief o sufferers as weel. I couldnae think that the Yird held a neuk fur sufferins an flegs sae unmannin; an ye can dae bit ae thing, Utterson, tae lichten this weird, an thon is tae respeck ma seelence." Utterson wis bumbazed; the derk pouer o Hyde hid gaen, the doctor hid gaen back tae his auld dargs an frienships; a wikk syne, the prospeck

hid smiled wi ilkie promise o a blythe an an honoured age; an noo in a meenit, friendship, an peace o harns, an the hale mood o his life wir wracked. Sae great an unca a cheenge pyntit tae gyteness; bit in view o Lanyon's mainner an wirds, there maun lie fur it some deeper grun.

A wikk efterwirds Dr Lanyon tuik tae his bed, an in somethin less than a fortnicht he wis deid. The nicht efter the funeral, at which he'd bin gey sair made, Utterson steekit the yett o his business chaumer, an sittin thonner by the licht o a waefu caunle, drew oot an set afore him an envelope addressed by the haun an steekit wi the seal o his deid frien. "PRIVATE: fur the hauns o G. J. Utterson ALANE an in case o his predecease *tae be connached unread,*" sae it wis emphatic unnerlined; an the solicitor dreidit tae read the contents. "I hae beeriet ae frien the day," he thocht: "fit gin this should cost me anither?" An syne he banned the fleg as a disloyalty, an brakk the seal. Inbye there wis anither enclosure, likewise steekit, an merked on the cover as "nae tae be opened till the daith or disappearance o Dr Henry Jekyll." Utterson couldnae trust his een. Aye, it wis disappearance; here again, as in the gyte will that he'd langsyne gaen back tae its scriever, here again wis the idea o a disappearance an the nemme o Henry Jekyll bracketed. Bit in the will, thon idea hid lowped frae the seenister suggestion o the cheil Hyde; it wis set there wi a purpose aa ower plain an scunnerin. Scrieved by the haun o Lanyon, fit should it mean? A muckle ill faschence cam on the trustee, tae disregaird the ban an dive at aince tae the boddom o thon mysteries; bit professional honour an faith tae his deid frien wir strang obligations; an the packet sleepit in the inmaist neuk o his private safe.

It's ae thing tae mortifee ill faschence, anither tae haud it doon; an it micht be dooted gin, frae thon day furth,

Utterson wintit the society o his survivin frien wi the same virr. He thocht o him kindly; bit his thochts wir uneasy an fearfu. He gaed tae veesit; bit he wis mebbe blythe tae nae be lat in; mebbe, in his hairt, he'd raither spikk wi Poole at the yett an cercled by the air an souns o the open toon, raither than be admitted intae thon hoose o volunt'ry bondage, an tae sit an spikk wi its mysterious laner. Poole hid, forbye, nae verra pleisunt news tae excheenge. The doctor, it seems, noo mair than iver keepit himsel tae the cabinet ower the laboratory, far he'd whyles even sleep; he wis oot o speerits, he'd grown unca seelent, he didnae read; it seemed as gin he'd a wecht on his harns. Utterson becam sae eesed tae the sameness o thon reports, that he gaed aff bittie by bittie in veesitin sae aften.

Chapter VII

Happenin at the Windae

It chaunced on the Sabbath, fin Mr Utterson wis on his ordnar wauk wi Mr Enfield, that their wey lay aince again throwe the by-wynd; an that fin they cam in front o the yett, baith stoppit tae glower on it.

"Weel," quo Enfield, "thon tale's at an eyn at least. We'll niver see mair o Mr Hyde."

"I hope nae," spakk Utterson. "Did I iver tell ye that I aince saw him, an shared yer feelin o scunner?"

"It wis impossible tae dae the ane wioot the ither," Enfield made repon. "An by the wey fit a gype ye maun hae thocht me, nae tae ken that this wis a back wey tae Dr Jekyll's! It wis pairtly yer ain faut that I fand it oot, even fin I did."

"Sae ye fand it oot, did ye?" speired Utterson. "Bit gin thon be sae, we micht step intae the coort an takk a keek at the windaes. Tae tell ye the truith, I'm uneasy aboot puir Jekyll; an even ootside, I feel as gin the presence o a frien micht dae him gweed."

The coort wis verra cweel an a thochtie damp, an fu o premature gloamin, tho the lift, heich up owerheid, wis still bricht wi sunset. The middle ane o the three windaes wis haufwey ajee; an sittin close aside it, takkin the air wi an

aybydan waeness o luik, like some disjaskit prisoner, Utterson saw Dr Jekyll.

"Fit! Jekyll!" he skreiched. "I trust ye're better."

"I'm verra laigh, Utterson," spakk the doctor, dowie, "verra laigh. It winna laist lang, thank God."

"Ye bide ower muckle inbye," quo the solicitor. "Ye should be oot, steerin up the bluid flow like Mr Enfield an me. (This is ma cousin—Mr Enfield—Dr Jekyll.) Cam, noo; get yer hat an takk a faist turn wi us."

"Ye're verra gweed," maened the ither. "I'd like tae verra much; bit na, na, na, it's doonricht impossible; I daurna. Bit fegs, Utterson, I'm verra gled tae see ye; this is really a muckle pleisur; I wid seek ye an Mr Enfield up, bit the place isnae really fit."

"Weel syne," quo the solicitor, gweed-natured, "the best thing we can dae is tae bide doon here an spikk wi ye frae far we are."

"Thon's jist fit I wis aboot tae suggest," quo the doctor wi a smile. Bit the wirds wir hardly spukken, afore the smile wis strukk ooto his physog an taen ower by a luik o sic abjeck fleg an wae, as jeeled the verra bluid o the twa cheils ablow. They saw it bit fur a glisk, for the windae wis straicht aff haived doon; bit thon glisk hid bin eneuch, an they turned an left the coort wioot a wird. In seelence, as weel, they crossed the by-wynd; an it wisnae till they'd cam intae a neeborin road, far even on a Sabbath there wir still some steerins o life, that Mr Utterson at last turned an luikit at his frien. They wir baith peely wally; an there wis an answerin scunner in their een.

"God forgie us, God forgie us," spak Mr Utterson.

Bit Mr Enfield anely noddit his heid verra serious, an wauked on aince mair in seelence.

Chapter VIII

The Hinmaist Nicht

Mr Utterson wis sittin by his ingle ae evenin efter denner, fin he wis bumbazed tae hae a veesit frae Poole.

"Bliss me, Poole, fit brings ye here?" he skreiched; an syne takkin a secunt luik at him, "Fit's the maitter" he addit; "is the doctor nae weel?"

"Mr Utterson," quo the cheil, "there's somethin wrang."

"Takk a seat, an here's a glaiss o wine fur ye," quo the solicitor "Noo, takk yer time, an tell me plain fit ye wint."

"Ye ken the doctor's weys, sir," Poole made repon, "an foo he steeks himsel up. Weel, he's steekit up again in the cabinet; an I dinna like it, sir—I wish I micht dee gin I like it. Mr Utterson, sir, I'm feart."

"Noo, ma gweed cheil," quo the solicitor, "be plain. Fit are ye feart o?"

"I've bin feart fur aboot a wikk," Poole, telt him, thrawnly disregairdin the speirin, "an I can thole it nae mair."

The cheil's luik mair than bore oot his wirds; his mainner wis cheenged fur the waur; an except fur the meenit fin he'd first telt o his terror, he hidnae aince luikit the solicitor in the ee. Even noo, he sat wi the glaiss o wine untastit on his knee, an his een direckit tae a neuk o the fleer. "I can thole it nae mair," he repeatit.

"Cam," quo the solicitor, "I see ye hae some gweed rizzon, Poole; I see there's somethin unca wrang. Ettle tae tell me fit it is."

"I think there's bin coorseness ongaun," spakk Poole, hairsely.

"Coorseness!" skirled the solicitor, a gweed deal frichtened an raither like tae be ragey as a result. "Fit coorseness? Fit dis the cheil mean?"

"I daurnae spikk, sir," wis the repon; "bit will ye cam alang wi me an see fur yersel?"

Mr Utterson's anely repon wis tae rise an takk his hat an jaiket; bit he saw wi bumbazement the rowth o the relief that shawed on the butler's physog an mebbe wi nae less, that the wine wis still untastit fin he pit it doon tae follae.

It wis a wud, cauld, sizzonable nicht o Merch, wi a peely wally meen, lyin on her back as tho the win hid cowped her, an a fleein wrack o the maist see-throw an lawny makk. The win vrocht spikkin hard, an brocht the bluid intae the physog. It seemed tae hae swypit the streets unca bare o fowk, mairower; fur Mr Utterson thocht he'd niver seen thon pairt o Lunnon sae teem. He could hae wished it itherweys; niver in his life hid he kent sae sherp a wish tae see an touch his fellae-craiturs; fur warssle as he micht, there wis brocht intae his harns a crushin expectation o tragedy. The squar, fin they won thonner, wis aa fu o win an stoor, an the thin trees in the gairden wir wheepin thirsels alang the railin. Poole, fa hid keepit aa the wey a pace or twa aheid, noo pued up in the mids o the pavement, an in spite o the nippy weather, tuik aff his hat an dichtit his broo wi a reid pooch snifter dichter. Bit fur aa the hash o his camin, these werenae the dyews o swyte that he dichtit awa, bit the weetness o some thrapplin grue; fur his physog wis fite an his voyce, fin he spakk, wersh an brukken.

"Weel, sir," quo he, "here we are, an God grant there be naethin wrang."

"Amen, Poole," spakk the solicitor.

Syne the servant chappit in a verra guairded mainner; the yett wis opened on the chyne; an a voyce speired frae inbye, "Is thon yersel, Poole?"

"It's aa richt," quo Poole. "Lowse the yett."

The haa, fin they gaed in, wis brichtly lichtit up; the lowe wis biggit heich; an aboot the hairth the hale o the servants, cheils an weemen, stude hickled thegither like a heeze o yowes. At the sicht o Mr Utterson, the hoosemaidie brukk intae hysterical greetin; an the cook, skreichin oot, "Bliss God! It's Mr Utterson," ran forrit as gin tae takk him in her airms.

"Fit, fit? Are ye aa here?" quo the solicitor soorly. "Verra byordnar, verra unseemly; yer maister wid be far frae pleased."

"They're aa feart," Poole telt him.

Nyaakit seelence follaed, nae ane protestin; anely the Maidie heistit up her voyce an noo grat lood.

"Haud yer wheesht!" Poole telt her, wi a virr o accent that testifeed tae his ain rattlit nerves; an mairower, fin the quine hid sae suddenly heistit the note o her skreich, they'd aa sterted an turned tae the inbye yett wi physogs o dreidfu expectation. "An noo," gaed on the butler, spikkin tae the knife-loon, "gie me a caunle, an we'll get this throwe hauns at aince." An syne he priggit Mr Utterson tae follae him, an led the wey tae the back gairden.

"Noo, sir," quo he, "ye cam as saftly as ye can. I wint ye tae hear, an I dinna wint ye tae be heard. An takk tent, sir, gin by ony chaunce he wis tae seek ye in, dinna gae."

Mr Utterson's nerves, at this unluikit-fur eyndin, gaed a yark that near cowped him frae his balance; bit he

regaitherd his virr an follaed the butler intae the laboratory biggin an ben the surgical theatre, wi its wecht o kists an bottles, tae the fit o the stair. Here Poole wyved him tae staun on ae side an lippen; while he himsel, settin doon the caunle an makkin great an strang eese o his resolution, sclimmed the steps an chappit wi a rael unsteidy haun on the reid baize o the cabinet yett.

"Mr Utterson, sir, speirin tae see ye," he spakk; an even as he did sae, aince mair violently wyved tae the solicitor tae lippen.

A voyce made repon frae inbye: "Tell him I canna see onybody," it telt him in a girny wey.

"Thank ye, sir," quo Poole, wi a note o somethin like triumph in his spikk; an takkin up his caunle, he led Mr Utterson back ben the yaird an inno the great kitchie, far the lowe wis oot an the gollachs wir lowpin on the fleer.

"Sir," quo he, luikin Mr Utterson in the een, "wis thon ma maister's voyce?"

"It seems unca cheenged," the solicitor made repon, verra peely wally, bit giein luik fur luik.

"Cheenged? Weel, aye, I think sae," quo the butler. "Hae I bin twenty years in this cheil's hoose, tae be mistaen aboot his voyce? Na, sir; maister's daen awa wi; he wis daen awa wi echt days syne, fin we heard him skirl oot on the nemme o God; an *fa's* in thonner insteid o him, an *foo* it bides thonner a thing that cries tae Heiven, Mr Utterson!"

"This is a verra fey tale, Poole; this is raither a wud tale, ma mannie," quo Mr Utterson, bitin his finger. "Suppose it wis as ye jalouse, supposin Dr Jekyll tae hae bin—weel, murdered, fit wid makk the murderer bide? Thon winna haud watter; it disnae staun tae rizzon."

"Weel, Mr Utterson, ye're a teuch cheil tae satisfee, bit I'll dae it yet," quo Poole. "Aa this hinmaist wikk (ye maun ken)

him, or it, or fitiver it is that bides in thon cabinet, his bin greetin nicht an day fur some kinno medicine an canna bring it tae his harns. It wis whyles his wey—the maister's, thon is—tae scrieve his orders on a sheet o paper an haive it doon the stair. We've hid naethin else this wikk syne; naethin bit papers, an a steekit yett, an the verra meals left thonner tae be smuggled in fin naebody wis luikin. Weel, sir, ilkie day, ay, an twice an thrice in the same day, there hae bin orders an girns, an I hae bin sent fleein tae aa the wholesale druggists in toon. Ilkie time I brocht the order back, there wid be anither paper tellin me tae return it, because it wisnae pure, an anither order tae anither firm. This drug is wintit unca sair, sir, fitiver fur."

"Hae ye ony o these papers?" speired Mr Utterson.

Poole fichered in his pooch an haundit oot a wrunkled note, which the solicitor, booin nearer tae the caunle, cannily examined. Its contents ran thus: "Dr Jekyll sens his regairds tae Messrs. Maw. He tells them that their hinmaist sample is bladdit an fair eeseless fur his present wints. In the year 18—, Dr J. bocht a gey large amoont frae Messrs. M. He noo prigs them tae raik wi the maist unca care, an gin ony o the same quality be left, tae sen it forrit tae him at aince. Siller is o nae consequence. The import o this tae Dr J. can hardly be raxxed oot eneuch." Sae far the letter hid run siccar eneuch, bit here wi a sudden splyter o the pen, the scriever's feelin hid brukken lowse. "Fur God's sake," he'd addit, "finn me some o the auld."

"This is a fey note," quo Mr Utterson; an syne sherply, "Foo dae ye cam tae hae it lowsed?"

"The cheil at Maw's wis unca roosed, sir, an he haived it back tae me like sae much soss," Poole telt him.

"This is fairly the doctor's haun, dae ye ken?" gaed on the solicitor.

"I thocht it luiked like it," quo the servant raither huffed like; an syne, wi anither voyce, "Bit fit maitters the scrievin haun?" quo he. "I've seen him!"

"Seen him?" repeatit Mr Utterson. "Weel?"

"Thon's it!" quo Poole. "It wis this wey. I cam o a suddenty intae the theatre frae the gairden. It seems he'd slippit oot tae luik fur this drug or fitiver it is; fur the cabinet yett wis ajee, an there he wis at the far eyn o the chaumer howkin amang the kists. He luikit up fin I cam in, gaed a kinno skreich, an wheeched upstairs intae the cabinet. It wis bit fur ae meenit that I saw him, bit the hair stude upon my heid like quills. Sir, if thon wis ma maister, foo hid he a mask on his physog? Gin it wis ma maister, foo did he skirl oot like a ratten, an rin frae me? I hae served him lang eneuch. An syne…" The cheil dauchled an tuik his haun ower his physog.

"Thon are aa verra fey maitters," quo Mr Utterson, "bit I think I begin tae see daylicht. Yer maister, Poole, is raelly grippit wi ane o thon ills that baith torture an mismakk the sufferer; sae, fur ocht I ken, the cheenge o his voyce; sae the mask an the jinkin awa frae his friens; hence his wintin tae finn this drug, by means o which the puir sowel hauds some hope o winnin recovery—God grant that he's nae deceived! Thon's the explanation; it's waesome eneuch, Poole, ay, an ugsome tae conseeder; bit it's plain an ordnar, hings weel thegither, an delivers us frae aa unca begecks."

"Sir," quo the butler, turnin a mirled fite, "thon thing wisnae ma maister, an there's the truith. Ma maister"—here he luikit roon him an stertit tae fusper—"is a heich, fine makk o a cheil, an this wis mair o a dwarf." Utterson ettled tae protest. "O, sir," skreiched Poole, "dae ye think I dinna ken ma maister efter twenty years? D'ye think I dinna ken far his heid cams tae in the cabinet yett, far I saw him ilkie

mornin o ma life? Na, sir, thon thing in the mask wis niver Dr Jekyll—Gweed kens fit it wis, bit it wis niver Dr Jekyll; an it's the belief o ma hairt that there wis murder dane."

"Poole," the solicitor made repon, "gin ye say thon, it'll becam ma weird tae makk siccar. Much as I lang tae spare yer maister's feelins, much as I'm dumfounert by this note that seems tae pruve him tae be still leevin, I'll conseeder it ma darg tae brakk in thon yett."

"Ay, Mr Utterson, thon's spikkin!" quo the butler.

"An noo cams the secunt speirin" restertit Utterson: "Fa is gaun tae dae it?"

"Weel, ye an me, sir," wis the fearless repon.

"Thon's verra weel said," quo the solicitor; "an fitiver cams o it, I'll makk it ma business tae see ye're nae loser."

"There's an aixe in the theatre," gaed on Poole; "an ye micht takk the kitchie poker fur yersel."

The solicitor tuik thon roch bit wechty tool intae his haun, an balanced it. "Dae ye ken, Poole," quo he, luikin up, "that ye an I are aboot tae pit oorsels in a poseetion o some risk?"

"Ye micht say thon, sir, forbye," the butler spakk.

"It's weel, syne, that we should be honest," quo the ither. "We baith think mair than we hae said; lat us makk a clean breist. This masked corp that ye saw, did ye ken it?"

"Weel, sir, it gaed sae faist, an the craitur wis sae booed ower, that I could hardly sweir tae thon," wis the repon. "Bit gin ye mean, wis it Mr Hyde?—weel, ay, I think it wis! Ye see, it wis much o the same makk; an it hid the same faist licht wey wi it; an syne fa else could hae won in by the laboratory yett? Ye hinna forgot, sir that at the time o the murder he's still the key wi him? Bit thon's nae aa. I dinna ken, Mr Utterson, gin iver ye met this Mr Hyde?"

"Ay," quo the solicitor, "I aince spakk wi him."

"Weel ye maun ken as weel as the lave o us that there wis somethin fey aboot thon cheil—somethin that gaed a body a turn—I dinna ken richtly foo tae say it, sir, ayont this: that ye felt it in yer marra kinno cauld an shilpit."

"I ain I felt somethin o fit you describe," quo Mr Utterson.

"Jist sae, sir," Poole made repon. "Weel, fin thon masked ferlie like a puggie lowped frae amang the chemicals an wheeched intae the cabinet, it gaed doon ma spine like ice. Och, I know it's nae evidence, Mr Utterson; I'm buik-larned eneuch fur thon; bit a cheil his his feelins, an I gie ye ma bible-wird it wis Mr Hyde!"

"Ay, ay," quo the solicitor. "Ma flegs flee tae the same body. Coorseness, I fear, foondit—wrang wis siccar tae cam—o thon link. Ay, truly, I believe ye; I believe puir Harry is killt; an I believe his murderer (fur fit purpose, God alane can tell) is still bidin in his victim's chaumer. Weel, lat oor nemme be vengeance. Cry on Bradshaw."

The servant cam at the order, unca peely wally an nervous.

"Pu yersel thegither, Bradshaw," quo the solicitor. "This suspense, I ken, is wyein on aa o ye; bit it's noo oor intent tae make an eyn o it. Poole, here, an I are gaun tae blooter oor way intae the cabinet. Gin aa is weel, ma shouders are braid eneuch tae thole the blame. Betimes, lest onythin should raelly be wrang, or ony wrang daer seek tae escape by the back, ye an the loon maun gae roon the neuk wi a pair o gweed sticks, an takk yer post at the laboratory yett. We gie ye ten meeits, tae win tae yer stations."

As Bradshaw set aff, the solicitor luikit at his watch. "An noo, Poole, lat us gae tae oors," quo he; an takkin the poker aneth his airm, he led the wey intae the yaird. The scud hid bankit ower the meen, an it wis noo gey derk. The win, that anely brukk in soochs an wauchts intae thon deep wall o biggin, wheeched the licht o the caunle back an fore aboot

their steps, till they cam intae the bield o the theatre, far they sat doon seelent tae wyte. Lunnon thrummed waesome aa aroon; bit nearer at haun, the stillness wis anely brukken by the souns o a fitfaa meevin tae an fore alang the cabinet fleer.

"Sae it will wauk aa day, sir," fuspered Poole; "ay, an the better pairt o the nicht. Anely fin a new sample cams frae the druggist, there's a bit o a brakk. Ach, it's an ill conscience that's sic a wae to rest! Ach, sir, there's bluid coorsely skailed in ilkie step o it! Bit lippen again, a thochtie closer—pit yer hairt in yer lugs, Mr Utterson, an tell me, is thon the doctor's fit?"

The steps drappit lichtly an fey-like, wi a certain swing, fur aa they gaed sae slawly; it wis different indeed frae the wechty skreichin tramp o Henry Jekyll. Utterson maened. "Is there niver onythin else?" he speired.

Poole noddit. "Aince," quo he. "Aince I heard it greetin!"

"Greetin? Fit like?" speired the solicitor, kennin a sudden jeel o horror.

"Greetin like a wumman or a tint sowel," quo the butler. "I cam awa wi thon upon ma hairt, that I could hae grat as weel."

Bit noo the ten meenits cam tae an eyn. Poole heistit the aixe frae aneth a heeze o packin strae; the caunle wis pit on the nearest brod tae licht them tae the attack; an they drew near wi grippit breath tae far thon patient fit wis still gaun up an doon, up an down, in the quaet o the nicht.

"Jekyll," skreiched Utterson, wi a lood voyce, "I demand tae see ye." He dauchled a meenit, bit there cam nae repon. "I gie ye fair warnin, oor suspicions are heistit, an I maun an shall see ye," he gaed on; "gin nae by fair means, syne by foul—gin nae o yer consent, syne by breet force!"

"Utterson," quo the voyce, "fur God's sake, hae mercy!"

"Ach, thon's nae Jekyll's voyce—it's Hyde's!" skreiched Utterson. "Doon wi the yett, Poole!"

Poole swung the aixe ower his shouder; the cloor shook the biggin, an the reid baize yett lowped agin the lock an hinges. A disjaskit skreich, as o mere breet terror, rang frae the cabinet. Up gaed the aixe again, an again the panels knelled an the frame booed; fower times the colour drappit; bit the timmer wis teuch an the fittins wir o braw wirkmanship; an it wisnae till the fifth, that the lock brakk in an the bitties o the wrack o the yett fell inbye on the cairpet.

The besiegers, horrifeed by their ain din an the stillness that cam eftir, stude back a thochtie an teetit in. Thonner lay the cabinet afore their een in the quaet lamplicht, a gweed lowe glowin an hotterin on the hairth, the kettle singin its thin note, a drawer or twa ajee, papers snod set furth on the wirk brod, an nearer the lowe, the things laid oot fur tea: the quaetest chaumer, ye wid hae thocht, an, bit fur the glaisse presses fu o chemicals, the maist ordnar thon nicht in Lunnon.

Richt in the midst there lay the corp o a cheil sair twistit an still chitterin. They drew near on tiptae, turned it on its back an saw the physog o Edward Hyde. He wis riggit in claes far ower large fur him, claes o the doctor's makk; the cords o his physog still meeved wi a glimmer o life, bit life wis aathegither gaen; an by the brukken phial in the haun an the strang guff o kernels that hung on the air, Utterson kent that he wis luikin on the corp o a suicide.

"We hae cam ower latchy," quo he stern like, "whether tae sain or punish. Hyde is gaen tae his accoont; an it anely wints fur us tae finn the corp o yer maister."

The far greater pairt o the biggin wis occupeed by the theatre, that fulled near the hale grun story an wis lichtit frae

abune, an by the cabinet, that formed an upper story at ae eyn an luikit on the coort. A lobby jyned the theatre tae the yett on the by-wynd; an wi this the cabinet jyned separately by a secunt flicht o stairs. There wir mairower a fyew derk closets an a muckle cellar. Aa thon they noo thorough examined. Ilkie closet nott bit a keek, fur aa wir teem, an aa, by the stoor that drappit frae their yetts, hid stude lang unopened. The cellar, forbye, wis stappit wi ootlandish lumber, maistly datin frae the times o the surgeon fa wis Jekyll's predecessor; bit even as they lowsed the yett they kent the eeselessness o farrer raikin, by the faa o a perfeck basse o moosewabs that hid fur years steekit up the entrance. Naewye wis there ony merk o Henry Jekyll, deid or leevin.

Poole stampit on the flags o the lobby. "He maun be beeriet here," quo he, lippenin tae the soun.

"Or he micht hae fled," Utterson made repon, an he turned tae examine the yett in the by-wynd. It wis steekit; an lying nearhaun on the flags, they fand the key, already merked wi roost.

"This disnae luik like eese," remairked the solicitor.

"Eese!" echoed Poole. "Dae ye nae see, sir, it's brukken? Much as gin a cheil hid stampit on it."

"Ay," cairriet on Utterson, "an the brakks, as weel, are roosty." The twa cheils luikit at each ither wi fleg. "This is ayont me, Poole," quo the solicitor. "Lat us gae back tae the cabinet."

They moontit the stair in seelence, an still wi an antrin awestrukk glisk at the deid corp, gaed on mair thoroughly tae examine the intimmers o the cabinet. At ae brod, there wir merks o chemical wirk, puckles o meisured howpies o some fite satt bein laid on glaiss saucers, as tho fur an experiment in which the puir cheil hid bin prevented fae feenishin.

"Thon's the same drug that I wis aywis bringin him," quo Poole; an even as he spakk, the kettle wi a stertlin soun byled ower.

This brocht them tae the ingle, far the easy cheer wis drawn cosy up, an the tea things stude ready tae the sitter's elbuck, the verra sugar in the cup. There wir a wheen buiks on a shelf; ane lay aside the tea things ajee, an Utterson wis bumbazed tae finn it a copy o a releegious wirk, fur which Jekyll hid puckles o times shawed a great esteem, scrieved, in his ain haun, wi dumfounerin blasphemies.

Neist, in the coorse o their owerluik o the chaumer, the raikers cam tae the cheval glaiss, intae fas deeps they luikit wi an involuntar grue. Bit it wis sae turned as tae shaw them naethin bit the reid glimmer playin on the reef, the lowe skinklin in a hunner repetitions alang the glaisse front o the presses, an their ain fite an fearfu physogs booin tae keen in.

"This glaisse maun hae seen some fey ferlies, sir," fuspered Poole.

"An surely nane mair oorie than itsel," echoed the solicitor in the same tones. "Fur fit did Jekyll"—he catched himsel up at the wird wi a yark, an syne conquerin the faut—"Fit could Jekyll wint wi it?" quo he.

"Ye micht say thon!" quo Poole.

Neist they turned tae the wirk brod. On the desk amang the neat reenge o papers, a muckle envelope wis uppermaist, an bore, in the doctor's haun, the nemme o Mr Utterson. The solicitor unsteekit it, an a wheen enclosures drappit tae the fleer. The first wis a will, drawn in the same fey wey as the ane that he'd returned sax month afore, tae serve as a testament in case o daith an as a deed o gift in case o disappearance; bit, in place o the nemme o Edward Hyde, the solicitor, wi unspikkable bumbazement, read the nemme o Gabriel John Utterson. He luikit at Poole, an syne back at

the paper, an hinmaist o aa at the deid coorse vratch straikit oot on the cairpet.

"Ma heid gaes roon," quo he. "He's bin aa these days in ainership; he'd nae cause tae like me; he maun hae raged tae see himsel displaced; an he hisnae connached this document."

He catched up the neist paper; it wis a sma note in the doctor's haun an datit at the tap. "Och Poole!" the solicitor cried, "he wis leevin an here this day. He canna hae bin gotten rid o in sae short a whyle, he maun be still leevin, he maun jist hae fled! An syne, fit wey flee? An foo? An in thon case, can we venture tae caa this suicide? Och, we maun be cannie. I foresee that we micht yet involve yer maister in some unca mishanter."

"Foo dae ye read it, sir?" speired Poole.

"Because I fear," the solicitor spakk solemn. "God grant I hae nae cause fur it!" An wi thon he brocht the paper tae his een an read as follaes:

"Ma dear Utterson,—Fin this shall faa intae yer hauns, I'll hae disappeared, unner fit conditions I hinna the mense tae foresee, bit ma instinck an aa the facks o ma nemmeless situation tell me that the eyn is siccar an maun be early. Gae syne, an first read the tale that Lanyon warned me he wis tae pit in yer hauns; an gin ye wint tae hear mair, turn tae the confession o
"Yer unwirthy an dowie frien,
"HENRY JEKYLL."

"There wis a third enclosure?" speired Utterson.

"Here, sir," quo Poole, an gaed inno his hauns a wechty pyoke sealed in a wheen places.

The solicitor pit it in his pooch. "I wid say naethin o this paper. Gin yer maister his fled or is deid, we micht at least save his gweed nemme. It's noo ten; I maun gae hame an read thon documents in quaet; bit I'll be back afore midnicht, fin we'll sen fur the polis."

They gaed oot, steekin the yett o the theatre ahin them; an Utterson, aince mair leavin the servants gaithered aboot the lowe in the haa, trauchelt back tae his office tae read the twa tales far this mystery wis noo tae be explained.

Chapter IX

Dr Lanyon's Tale

On the ninth o Januar, noo fower days syne, I got by the evenin post a registered envelope, addressed in the haun o ma fier an auld skweel-frien, Henry Jekyll. I wis a unca dumfounert by thon; fur we wir by nae means in the wey o scrievin; I'd seen the cheil, ett wi him, forbye the nicht afore; an I could imagine naethin in oor ties that should justifee the formality o registration. The contents gart ma stammygaster growe; fur this is foo the letter gaed:

> "9th January, 18—
> "Dear Lanyon,—Ye're ane o ma auldest friens; an tho we micht hae differed whyles on scientific maitters, I canna mynd, at least on ma pairt, ony brakk in oor frienship. There wis niver a day fin, gin ye'd said tae me, 'Jekyll, ma life, ma honour, my rizzon, depen on yersel,' I widnae hae sacrifeeced ma fortune or ma left haun tae help ye. Lanyon, ma life, ma honour, ma rizzon, are aa at yer mercy; gin ye fail me the nicht I am tint. Ye micht jalouse, efter this aforespikk, that I'm gaun tae speir ye fur somethin orra tae grant. Judge fur yersel.
> "I wint ye tae pit aff aa ither dealins fur the nicht— ay, even gin ye wir socht tae the bedside o an emperor;

tae takk a cab, unless yer cairriage should be actually at the yett; an wi this scrievin in yer haun fur readin, tae drive straicht tae ma hoose. Poole, ma butler, his gotten orders; ye'll finn him wytin yer camin wi a locksmith. The yett o ma cabinet is syne tae be forced: an ye're tae gae in alane; tae open the glaisse press (letter E) on the left haun, brakkin the lock gin it be steekit; an tae draw oot, *wi aa its contents as they staun*, the fowerth drawer frae the tap or (fit's the same thing) the third frae the boddom. In ma unca steered up harns, I'm unca feart o misdirectin ye; bit even gin I'm wrang, ye micht ken the richt drawer by its contents: some pooders, a phial an a paper buik. This drawer I prig o ye tae cairry back wi ye tae Cavendish Squar exactly as it stauns.

"Thon's the first pairt o the service: noo fur the secunt. Ye should be back, gin ye set oot at aince eftir gettin this, lang afore midnicht; bit I'll leave ye that amoont o margin, nae anely in the fear o ane o thon barriers that can neither be stoppit nur foreseen, bit because an oor efter yer servants are in bed is tae be preferred fur fit will syne be left tae dae. At midnicht, syne, I hae tae speir ye tae be alane in yer consultin chaumer, tae lat in wi yer ain haun intae the hoose a cheil fa'll present himsel in nemme, an tae pit in his hauns the drawer that ye'll hae brocht wi ye frae ma cabinet. Syne ye'll hae played yer pairt an earned ma thanks aathegither. Five meenits efterwirds, gin ye insist on an explanation, ye'll hae unnerstood that thon arreengements are o capital import; an that by the neglect o ane o them, oorie as they maun appear, ye micht hae chairged yer conscience wi ma daith or the shipwrack o ma rizzon.

"Siccar as I am that ye winna lichtlifee this speirin, ma hairt sinks an ma haun trimmles at the bare thocht o sic a possibility. Think o me at this oor, in a fey place, warsslin unner a blaikness o wae that nae fancy can amplifee, an yet weel awaur that, gin ye'll bit faist serve me, ma tribbles will rowe awa like a tale that's telt. Serve me, ma dear Lanyon, an save

"Yer frien,

"H. J.

"P.S. I hid already steekit this up fin a fresh terror strukk ma sowel. It's possible that the post office micht fail me, an this scrievin nae cam intae yer hauns till the morn's mornin. In thon case, dear Lanyon, dae ma errand fin it'll be maist suitit fur ye in the coorse o the day; an aince mair expeck ma messenger at midnicht. It micht syne already be ower late; an gin thon nicht gaes by wioot hinner, ye'll ken that ye hae seen the hinmaist o Henry Jekyll."

Upon the readin o this scrievin, I wis siccar ma fier wis gyte; bit till thon wis pruved ayont the possibility o doot, I felt bun tae dae as he socht. The less I unnerstood o this hotchpotch, the less I wis in a poseetion tae judge o its import; an speirin sae wirdit couldnae be set aside wioot a wechty responsibility. I raise syne frae the brod, got intae a hansom, an drave straicht tae Jekyll's hoose. The butler wis awytin ma camin; he'd gotten by the same post as mine a registered scrievin o instruction, an hid sent at aince fur a locksmith an a jyner. The wirkmen cam while we wir yet spikkin; an we meeved thegither tae auld Dr Denman's surgical theatre, frae which (as ye're dootless awaur) Jekyll's private cabinet is maist easy entered. The yett wis verra strang, the lock braw; the jyner telt them he'd hae a great

tyauve an hae tae dae a rowth o damage, gin force wir tae be made eese o; an the locksmith wis near desperate. Bit this cheil wis a gleg birkie, an efter twa oors' wirk, the yett stude ajee. The press merked E wis unsteekit; an I tuik oot the drawer, hid it stappit up wi straae an rowed in a sheet, an gaed back wi it tae Cavendish Squar.

Here I gaed on tae owerluik its contents. The pooders wir snod eneuch made up, but nae wi the glegness o the dispensin druggist; sae that it wis siccar they wir o Jekyll's private daein; an fin I lowsed ane o the wrappers I fand fit seemed tae me a simple, crystalline satt o a fite colour. The phial, tae which I neist turned ma thochts, micht hae bin aboot hauf-fu o a bluid-reid liquor, that wis unca strang tae the sense o smell an seemed tae me tae hae phosphorus an some volatile ether. At the ither ingredients I could makk nae guess. The buik wis an ordnar kinno buik an held naethin bit a wheen dates. Thon covered a whylie o mony years, bit I saw that the entries stoppit near a year syne an rael abrupt. Here an thonner a sma remairk wis jyned tae a date, usually nae mair than a single wird: "double" occurrin mebbe sax times in a total o several hunner entries; an aince verra early in the list an follaed by a puckle merks o exclamation, "aathegither eeseless!!!" Aa this, tho it kittled ma ill fashence, telt me little that wis siccar. Here wis a phial o some tincture, a paper o some satt, an the record o a wheen experiments that hid led (like ower mony o Jekyll's studies) tae nae eyn o practical eesefulness. Foo could the keepin o thon ferlies in ma hoose cheenge either the honour, the wyceness, or the life o ma flichty fier? Gin his messenger could gae tae ae airt, foo could he nae gae tae anither? An even allouin some hinner, foo wis this cheil tae tryst wi me in secret? The mair I thocht the mair siccar I grew that I wis dealin wi a case o gyteness o the harns; an tho I sent ma

servants tae bed, I loadit an auld revolver, that I micht be fand wi some mainner o self defence.

Twal o'clock hid scarce rung oot ower Lunnon, afore the chapper soundit verra saftly on the yett. I gaed masel at the summons, an fand a wee cheil coorin agin the pillars o the portico.

"Are ye cam frae Dr Jekyll?" I speired.

He telt me "aye" by an unnat'ral meevement; an fin I'd socht him enter, he didnae obey me wioot a searchin backwird glisk intae the derkness o the squar. There wis a polisbody nae far aff, camin near wi his bull's ee open; an at the sicht, I thocht ma veesitor joukit an hashed on faister.

Thon partic'lars strukk me, I confess, nestily; an as I follaeed him intae the bricht licht o the consultin chaumer, I keepit ma haun ready on ma weapon. Here, at last, I'd a chaunce o clearly seein him. I'd niver set een on him afore, sae much wis siccar. He wis wee, as I hae said; I wis strukk mairower wi the unca expression o his physog, wi his remairkable mellin o great muscular virr an great seemin dweebleness o makk, an—laist bit nae least— wi the fey, personal steer vrocht by his nearness. This bore some resemblance tae emergin rigour, an wis jyned by a merked drappin o the pulse. At the time, I set it doon tae some unique, personal dislike, an merely winneret at the sherpness o the symptoms; bit I hae since hid rizzen tae believe the cause tae lie far deeper in the natur o man, an tae turn on some nobler hinge than the feelin o hate.

This body (fa'd sae, frae the first meenit o his incam, strukk in me fit I can anely pictur as a scunnerin ill fashence) wis riggit in a wey that wid hae made an ordinar body lauchable; his claes, that is tae say, tho they wir o a rich an sober makk, wir far ower large fur him in ilkie meisurement—the troosers hingin on his shanks an rowed up tae keep them frae the

grun, the waist o the coat aneth his hurdies, an the collar sprauchlin wide upon his shouders. Fey tae tell, this glekit rigoot wis far frae meevin me tae lauchter. Raither, as there wis somethin byordnar an misbegotten in the verra makk o the craitur that noo wis afore me—somethin grippin, bumbazin, an scunnerin—this new disparity seemed tae fit in wi an tae add wecht tae it; sae that tae ma interest in the cheil's natur an makk, there wis addit an ill faschence as tae his origin, his life, his fortune, an place in the warld.

Thon thochts, tho they hae taen sae great a space tae be set doon in, wir yet the wirk o a fyew secunds. Ma veesitor wis, mebbe, on lowe wi dowie virr.

"Hae ye got it?" skreiched he. "Hae ye got it?" An sae lively wis his impatience that he even laid his haun upon ma airm an socht tae shakk me.

I pit him back, finnin at his touch a certain icy jeel alang ma bluid. "Cam, sir," quo I. "Ye forget that I hinna yet the pleisur o kennin ye. Sit doon, gin ye please." An I shawed him an example, an sat doon masel in ma ordnar seat an wi as fair a copy o ma ordinar mainner tae a patient, as the lateness o the oor, the natur o ma thochts, an the scunner I hid o ma veesitor, wid lat me shaw.

"I beg yer pardon, Dr Lanyon," he made repon ceevil eneuch. "Fit ye say is verra weel foondit; an ma impatience his shawn its heels tae ma mainners. I cam here at the priggin o yer fier, Dr Henry Jekyll, on a bittie o business o some import; an I unnerstude …" He dauchled an pit his haun tae his thrapple, an I could see, in spite o his cweel mainner, that he wis warsslin agin the incam o the hysteria—"I unnerstude, a drawer …"

Bit here I tuik peety on ma veesitor's suspense, an some perhaps on ma ain growin ill faschence.

"There it is, sir," quo I, pyntin tae the drawer, far it lay on the fleer ahin a brod an still happit wi the sheet.

He lowped tae it, an syne dauchled, an laid his haun on his hairt; I could hear his teeth grund wi the wirkin o his jaws; an his physog wis sae ugsome tae see that I grew feart baith fur his life an rizzen.

"Sattle yersel," quo I.

He turned a dreidfu smile tae me, an as gin wi the deceesion o wae, pykit awa the sheet. At sicht o the contents, he spakk ae lood sab o sic muckle relief that I sat petrifeed. An the neist meenit, in a voyce that wis already rael weel unner control, "Hae ye a graduated glaiss?" he speired.

I raise frae ma neuk wi somethin o a tyauve an gaed him fit he socht.

He thankit me wi a smilin nod, meisured oot a fyew suppies o the reid tincture an addit ane o the pooders. The mellin, which wis at first o a reidish hue, stertit, as the crystals thawed, tae brichten in colour, tae fizz lood, an tae haive aff wee guffs o vapour. O a suddenty an at the same meenit, the hotterin stoppit an the mixture cheenged tae a derk poorpie, that dwined again mair slaw tae a wattery green. Ma veesitor, fa'd watched thon cheenges wi a gleg ee, smiled, set doon the glaiss upon the brod, an syne turned an luikit on me wi an searchin air.

"An noo," quo he, "tae sattle fit remains. Will ye be wyce? Will ye be guidit? Will ye thole me tae takk this glaiss in ma haun an tae gae furth frae yer hoose wioot farrer spikk? Or his the greed o ill faschence ower muckle command o ye? Think afore ye makk repon, fur it'll be dane as ye wint. As ye decide, ye'll be left as ye wir afore, an neither richer nur wycer, unless the sense o helpin gaen tae a cheil in mortal wae micht be coontit as a kinno riches o the sowel. Or, gin ye'll prefer tae chuse, a new airt o kennin an new weys tae

fame an pooer shall be laid open tae ye, here, in this chaumer, upon the meenit; an yer sicht shall be blootered by a stammygaster tae fooner the unbelief o Auld Clootie."

"Sir," quo I, makkin on a cweelness that I wis far frae raelly feelin, "ye spikk riddles, an ye'll mebbe nae winner that I hear ye wi nae verra strang notion o belief. Bit I hae gaen ower far in the wey o fey services tae dauchle afore I see the eyn."

"It's weel," spakk ma veesitor. "Lanyon, ye mynd yer vows: fit follaes is unner the seal o oor profession. An noo, ye fa've sae lang bin bun tae the maist nerra an material views, ye fa hae denied the vertue o mystical medicine, ye fa hae mockit yer betters takk tent!'

He pit the glaiss tae his mou an tuik it at ae swallae. A skreich follaed; he reeled, hytered, clookit at the brod, an held on, glowerin wi gapin een, pechin wi open mou; an as I luikit thonner cam, I thocht, a transmogrification—he seemed tae swall—his physog becam o a suddenty blaik an the makk seemed tae mell an cheenge—an the neist meenit, I'd lowped tae ma feet an lowped back agin the waa, ma airm heistit tae shield me frae that prodigy, ma harns drooned in terror.

"O God!" I skirled, an "O God!" again an again; fur there afore ma een—peely wally an shakkin, an hauf feintin, an grippin afore him wi his hauns, like a cheil hained frae death—thonner stude Henry Jekyll!

Fit he telt me in the neist oor, I canna bring ma harns tae set on paper. I saw fit I saw, I heard fit I heard, an ma sowel cowked at it; an yet noo fin thon sicht his dwined frae ma eyes, I speir at masel gin I believe it, an I canna makk repon. My life is shakkent tae its reets; I canna sleep; the deidliest terror sits aside me at aa oors o the day an nicht; I feel that ma days are nummered, an that I maun dee; an yet I'll dee

dootin. As fur the moral coorseness thon cheil shawed tae me, even wi greets o sorra, I canna, even in memory, dwall on it wioot a jink o horror. I'll say bit ae thing, Utterson, an that (gin ye can bring yer harns tae takk it in) will be mair than eneuch. The craitur fa creepit intae ma hoose that nicht wis, on Jekyll's ain confession, kent by the nemme o Hyde an huntit fur in ilkie neuk o the lan as the murderer o Carew.

HASTIE LANYON

CHAPTER X

HENRY JEKYLL'S FULL SET OOT O THE CASE

I wis born in the year 18— tae a rowth o siller, bred mairower wi a braw makk, inclined by natur tae bein eident, fond o the respeck o the wyce an gweed amang ma fiers, an sae, as micht hae bin jaloused, wi ilkie guarantee o an honourable an gran future. An indeed the wirst o ma fauts wis a kinno impatient blytheness o makk, sic as his brocht happiness fae mony, bit sic as I fand it hard tae reconcile wi ma pouerfu wint tae cairry ma heid heich, an weir a mair than ordnar dreich luik afore the fowk. Sae it cam aboot that I happit ma pleisurs; an that fin I reached years o thochts, an stertit tae luik roon me an takk stock o ma progress an place in the warld, I stude already committed tae a profun splittin o life. Mony a cheil wid hae even shawed aff sic irregularities as I wis guilty o; bit frae the heich views that I'd set afore me, I regairded an happit them wi a near morbid sense o affront. It wis sae raither the teuch natur o ma goals than ony partic'lar affront in ma fauts, that made me fit I wis an, wi even a deeper sheugh than in the maist o cheils, cut aff in me thon pairts o gweed an ill that divide an jyne man's twin natur. In ma case, I wis gart think

125

deep an aften on thon hard law o life, that lies at the reet o religion an is ane o the maist plentifu springs o wae. Tho sae profun a double-dealer, I wis in nae wey a swick; baith sides o me wir in deid earnest; I wis nae mair masel fin I pit aside control an breenged intae affront, than fin I vrocht, in the ee o day, at the gaun forrit in the kennin or the relief o sorra an wae. An it chaunced that the airt o ma scientific lear, that led aathegither tae the mystic an the transcendental, reacted an shed a strang licht on this kennin o the ongaun war amang ma pairts. Wi ilkie day, an frae baith sides o ma harns, the moral an the intellectual, I sae drew steidily nearer tae thon truith, by fas pairtial discovery I hae bin fated tae sic a dreidfu shipwrack: thon cheil is nae truly ane, bit truly twa. I say twa, because the state o ma ain kennin disnae gyang ayont thon pynt. Ithers will follae, ithers will ootdae me on the same lines; an I jalouse that man will in the eyn be kent fur a mere boorich o mirled, fey, an free fowk. I, fur ma pairt, frae the natur o ma life, gaed forrit aywis in ae direction an in ae direction anely. It wis on the moral side, an in ma ain sel, that I larned tae ken the thorough an basic twa sides o man; I saw that, o the twa naturs that focht in the field o ma kennin, even gin I could richtly be said tae be either, it wis anely because I wis at foun baith; an frae an early date, even afore the coorse o ma scientific discoveries hid stertit tae suggest the maist nyakit possibility o sic a miracle, I'd larned tae dwall wi pleisur, as a lued dwaum, on the thocht o the splittin apairt o thon elements. Gin each, I telt masel, could bit be hoosed in separate identities, life wid be relieved o aa that wis untholable; the coorse micht gae his wey, delivered frae the hopes an o his guilt o his mair upricht twin; an the just could wauk steidfaist an safe on his upwird path, daein the gweed things in which he fand his

127

pleisur, an nae langer open tae disgrace an penitence by the hauns o this unconneckit coorseness. It wis the curse o mankind that thon fey faggots wir sae bun thegether—that in the painfu wyme o kennin, thon polar twins should be aywis warsslin. Foo, syne, wir they separatit?

I wis sae far in ma thochts fin, as I hae said, a side licht stertit tae shine on the subjeck frae the laboratory brod. I stertit tae see mair deep than it his iver yet bin statit, the trimmlin immateriality, the mist-like fleetin natur o this seemin sae solid corp in which we wauk riggit oot in. Some ferlies I fand tae hae the pouer tae shakk an tae pu back thon fleshly happin, even as a win micht wyve the hingins o a tent. Fur twa gweed rizzons, I winna enter deep intae this scientific branch o ma confession. First, because I hae bin gart tae larn that the weird an wecht o oor life is bun foraye on man's shouders, an fin the tyauve is vrocht tae cast it aff, it bit returns upon us wi mair fremmit an mair awfu virr. Secunt, because, as ma tale will makk, ochone! ower clear, ma discoveries wirnae hale. Eneuch, syne, that I nae anely kent ma ordnar body fur the mere aura an strang brichtness o certain o the pouers that made up ma speerit, bit managed tae makk a drug by which thon pouers should be cowped aff frae their rule, an a secunt form an coontenance pit thinner insteid, nane the less nat'ral tae me because they wir the expression, an bore the merk, o laigher elements in ma sowel.

I dauchled lang afore I pit thon theory tae the test o practice. I kent weel that I risked daith; fur ony drug that sae pouerfully controlled an shook the verra fortress o ma bein, micht by the least thochtie o an overdose or at the least mishanter in the meenit o takkin place, aathegither blot oot thon corpless sel which I luikit tae the drug tae cheenge. Bit

129

the temptation o a discovery sae unca an profun, at the hinnereyn owercam the suggestions o stammygaster. I'd lang syne prepared ma mixture; I bocht at aince, frae a firm o wholesale druggists, a muckle dose o a partic'lar satt which I kent, frae ma experiments, tae be the hinmaist ferlie nott; an late ae cursed nicht, I melled the elements, watched them byle an rikk thegether in the glaiss, an fin the hotterin hid deid doon, wi a strang glimmer o courage, drank aff the dose.

The maist wrackin pangs grippit me: a grindin in the banes, deidly seekness, an a horror o the speerit that canna be exceeded at the oor o birth or daith. Syne thon agonies stertit faist tae dee doon, an I cam tae masel as if ooto a great seekness. There wis somethin oorie in ma feelins, somethin unca new an, frae its verra novelty, unca douce. I felt younger, lichter, blyther in corp; inbye I wis kennin o a heidy recklessness, a wave o disordered sensual picturs rinnin like a mill race in ma thochts, a solution o the bonds o obligation, an unkent bit nae an innocent freedom o the sowel. I kent masel, at the first braith o this new life, tae be mair coorse, tenfauld mair coorse, selt a slave tae ma original coorseness; an the thocht, in thon meenit, steered up an delichted me like wine. I streetched oot ma hauns, gloryin in the freshness o thon feelins; an in the act, I wis o a suddenty awaur that I'd grown wee-er in heicht.

There wis nae keekin glaiss, at thon date, in ma chaumer which stauns aside me as I scrieve, wis brocht there later on an fur the verra purpose o thon transmogrifications. The nicht, hoosaeiver, wis far gane intae the mornin—the mornin, blaik as it wis, wis near ripe fur the birth o the day— the fowk o ma hoose wir steekit in the maist deep oors o sleep; an I determined, reid-chikkt as I wis wi hope an

triumph, tae gae in ma new makk as far as tae ma bed chaumer. I crossed the yaird, far the starnies luikit doon on me, I could hae thocht, wi winner, the first craitur o thon sort that their unsleepin watch hid yet bin shawn tae them; I creepit ben the lobbies, fremmit in ma ain hoose; an camin tae ma chaumer, I saw fur the first time the luik o Edward Hyde.

I maun here spikk by theory alane, sayin nae thon which I kent, bit thon which I jalouse tae be maist likely. The coorse side o ma natur, tae which I'd noo transferred the stampin wirth, wis less hairty an less developed than the gweed that I'd jist deposed. Again, in the coorse o ma life, that hid bin, efter aa, nine tenths a life o tyauve, vertue, an control, it hid bin much less exercised an much less ferfochan. An sae, as I think, it cam aboot that Edward Hyde wis sae much smaaer, slichter, an younger than Henry Jekyll. Even as gweed shone on the coontenance o the ane, coorseness wis scrieved braid an plain on the physog o the ither. Coorseness asides (that I maun still believe tae be the lethal side o man) hid left on thon corp a prent o deformity an wershness. An yet fin I luikit on thon ugsome idol in the glaiss, I kent nae scunner, raither o a lowp o walcom. This, as weel, wis masel. It seemed ordnar an human. In ma een it bore a mair kittlesome pictur o the speerit, it seemed mair direct an single, than the bladdit an split luik I'd bin eesed afore tae caa mine. An in sae far I wis dootless richt. I hae seen that fin I wore the makk o Edward Hyde, nane could cam near tae me at first wioot a veesible misgiein o the flesh. Thon, as I takk it, wis because aa human beins, as we meet them, are a mixter maxter o gweed an coorseness an Edward Hyde, alane in the ranks o men, wis pure coorseness.

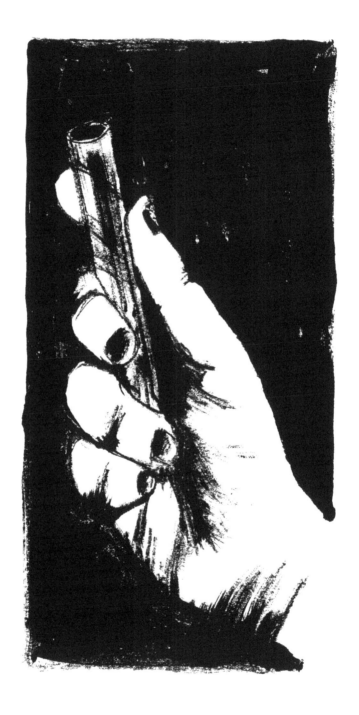

I dauchled bit a meenit at the keekin glaiss: the secunt an hinmaist experiment hid yet tae be tried; it yet remained tae be seen gin I'd tint masel ayont redemption an maun flee afore daylicht frae a hoose that wis nae langer mine; an hashin back tae ma cabinet, I aince mair prepared an drank the cup, aince mair tholed the pangs o dwinin awa, an cam tae masel aince mair wi the character, the makk, an the physog o Henry Jekyll.

Thon nicht I'd cam tae the fatal crossroads. Hid I cam tae ma discovery in a mair noble speerit, hid I risked the experiment while unner the pouer o gweed or releegious hopes, aa maun hae bin itherwise, an frae thon pangs o daith an birth, I'd cam furth an angel insteid o a deevil. The drug hid nae rizzen in its action; it wis neither deevilish nur divine; it bit shook the yetts o the jyle hoose o ma natur; an like the captives o Philippi, thon that stude inbye ran furth. At thon time ma vertue sleepit; ma coorse side, keepit waukened by ambition, wis gleg an faist tae seize the meenit; an the ferlie that wis projeckit wis Edward Hyde. Sae, tho I'd noo twa naturs as weel as twa luiks, ane wis aathegither coorse, an the ither wis still the auld Henry Jekyll, thon fey mellin o fas reformation an improvement I'd already larned tae despair. The meevement wis syne aathegither fur the waur.

Even at thon time, I hidnae yet grown a dislike tae the dryness o a life o lear. I wid still be blythe whyles; an as ma pleisurs wir (tae say the least) undignifeed, an I wisnae anely weel kent an weel thocht o, bit growin toward the elderly cheil, this incoherency o ma life wis daily growin mair unwalcam. It wis on this side that ma new pouer temptit me till I fell in slavery. I'd anely tae drink the cup, tae caa aff at aince the corp o the notit professor, an takk it on, like a thick jaiket, thon o Edward Hyde. I smiled at the notion; it seemed

tae me at the time to be funny; an I vrocht ma preparations wi the maist eident care. I tuik an furnished thon hoose in Soho, tae which Hyde wis tracked by the polis; an fee'd as hoosekeeper a craitur fa I weel kent tae be seelent an sleekit. On the ither side, I telt tae ma servants that a Mr Hyde (fa I described) wis tae hae full freedom an pouer aboot ma hoose in the squar; an tae jink mishanters, I even gaed an made masel a weel kent corp, in ma secunt character. I neist drew up thon will tae which ye sae muckle objeckit; sae that gin onythin befell me in the makk o Dr Jekyll, I could enter on thon o Edward Hyde wioot loss o siller. An sae fortifeed, as I jaloused, on ilkie side, I stertit tae profit by the fey protection o ma poseetion.

Cheils hae afore hired vratches tae cairry oot their crimes, while their ain sels an gweed nemmes sat unner bield. I wis the first that iver did sae fur his pleisurs. I wis the first that could sae wauk in the public ee wi a rowth o couthie gentility, an in a meenit, like a schule loon, haive aff thon haps an lowp heidlang intae the sea o liberty. Bit fur me, in ma unfaddomable rigoot, the safety wis complete. Think o it—I didnae even exist! Lat me jist escape intae ma laboratory yett, gie me bit a secunt or twa tae mell an swallae the dose that I'd aywis staunin ready; an fitiver he'd dane, Edward Hyde wid pass awa like the fug o braith on a keekin glaiss; an there in his steid, quaetly at hame, trimmin the midnicht lamp in his study, a cheil fa could afford tae lauch at suspicion, wid be Henry Jekyll.

The pleisurs that I hashed on tae sikk in ma disguise wir, as I hae said, undignifeed; I wid scarce makk eese o a harder term. Bit in the hauns o Edward Hyde, they sune stertit tae turn tae the ugsome. Fin I wid cam back frae thon ootgauns, I wis aften drappit intae a kinno winner at ma displaced

coorseness. This ferlie that I caaed ooto ma ain sowel, an an sent furth alane tae dae his gweed pleisur, wis a bein inbye coorse an ill daein; his ilkie act an thocht honed on self; drinkin pleisur wi breet-like greed frae ony degree o torture tae anither; wersh like a cheil o stane. Henry Jekyll stude at times bumbazed afore the acts o Edward Hyde; bit the situation wis apairt frae ordnar laws, sleekit an cut aff frae the grip o conscience. It wis Hyde, efter aa, an Hyde alane, that wis guilty. Jekyll wis nae waur; he waukened again tae his gweed qualities seemin unbladdit; he wid even hash on, far he could, tae undae the coorseness dane by Hyde. An sae his conscience sleepit.

Intae the rigbanes o the coorseness at which I sae connived (fur even noo I can scarce alloue that I did it) I hae nae design o enterin; I mean bit tae pynt oot the warnins an the ongaun steps wi which ma penalty drew near. I met wi ae accident which, as it brocht on nae consequence, I'll nae mair than mention. An act o coorseness tae a bairn steered up agin me the roose o a passer-by, fa I kent the ither day in the physog o yer kinsman; the doctor an the bairn's faimily jyned him; there were meenits fin I wis feart fur ma life; an at the hinnereyn, in order tae pacifee their ower just hate, Edward Hyde hid tae bring them tae the yett, an pye them in a cheque drawn in the nemme o Henry Jekyll. Bit this danger wis easy jinked in the future, by openin an accoont at anither bank in the nemme o Edward Hyde himsel; an fin, by slopin ma ain haun backwird, I'd gaen ma double a signature, I thocht I sat ayont the raxx o weird.

Some twa months afore the murder o Sir Danvers, I'd bin oot fur ane o ma pliskies, hid cam back at a late oor, an waukened the neist day in bed wi kinno fey feelins. It wis in vain I luikit aboot me; in vain I saw the gweed furniture an

heich set up o ma chaumer in the squar; in vain that I kent the pattern o the bed hingins an the design o the mahogany frame; somethin still keepit insistin that I wisnae far I wis, that I hidnae waukened far I seemed tae be, bit in the wee chaumer in Soho far I wis eesed tae sleep in the corp o Edward Hyde. I smiled tae masel, an, in ma psychological wey stertit lazy-like tae luik intae the bitticks o this illusion, whyles, even as I did sae, drappin back intae a comfy mornin dover. I wis still sae taen up fin, in ane o ma mair waukfu meenits, ma een luikit on ma haun. Noo the haun o Henry Jekyll (as ye hae aften remairked) wis professional in makk an size: it wis muckle, firm, fite, an bonnie. Bit the haun that I noo saw, clear eneuch, in the yalla licht o a mid-Lunnon mornin, sprauchlin hauf steekit on the bed-claes, wis lean, knottit, girssly, o a mirk colour an thickly shaddaed wi a rowthy growth o hair. It wis the haun o Edward Hyde.

I maun hae glowered on it fur near hauf a meenit, sunk as I wis in the mere gypitness o winner, afore terror waukened up in ma breist as sudden an bumbazin as the din o cymbals; an breengin frae ma bed, I hashed tae the keekin glaiss. At the sicht that met ma een, ma bluid wis cheenged intae somethin unca thin an jeelin. Aye, I'd gane tae bed Henry Jekyll, I'd waukened Edward Hyde. Foo wis this tae be explained? I speired masel, an syne, wi anither stoon o terror—foo wis thon tae be sortit? It wis weel on in the mornin; the maidies wir up; aa ma drugs wir in the cabinet—a lang traipse doon twa pair o stairs, ben the back lobby, ower the open coort an throwe the anatomy theatre, frae far I wis syne staunin horror-strukk. It micht forbye be a ploy tae hap ma physog; bit o fit eese wis thon, fin I couldnae hide the cheenge in ma heicht? An syne wi an owerpouerin sweteness o relief, it cam back tae ma harns

141

that the maidies wir already eesed tae the camin an gaun o ma secunt sel. I'd sune riggit, as weel as I could, in claes o ma ain makk: hid sune passed ben the hoose, far Bradshaw glowererd an drew back at seein Mr Hyde at sic an oor an in sic a fey rigoot; an ten meenits efter, Dr Jekyll hid returned tae his ain makk an wis sittin doon, wi a derkened broo, tae makk a feint o brakkfestin.

Smaa mairower wis ma appetite. This fey happenin, this reversal o ma earlier experience, seemed, like the Babylonian finger on the waa, tae be spellin oot the scrievins o ma joodgement; an I stertit tae refleck mair serious than iver afore on the maitters an possibilities o ma dooble life. Thon pairt o me that I'd the pouer o projeckin, hid o late bin unca made eese o an fed; it'd seemed tae me o late as tho the corp o Edward Hyde hid grown in makk, as tho (fin I wore thon corp) I wis kennin o a mair thrang tide o bluid; an I stertit tae spy a danger that, gin this wir muckle prolanged, the balance o ma natur micht be aathegither owerthrown, the pouer o voluntary cheenge be tint, an the character o Edward Hyde becam foriver mine. The pouer o the drug hidnae bin aywis equally shawn. Aince, verra early in ma career, it hid aathegither failed me; since syne I'd bin obleeged mair than aince tae dooble, an aince, wi unca risk o daith, tae treble the amoont; an thon rare uncertainties hid pit afore me the lane shadda on ma blytheness. Noo, hoosaeiver, an in the licht o thon mornin's mishanter, I wis led tae remairk that far, in the beginnin, the deeficulty hid bin tae haive aff the corp o Jekyll, it hid o late gradual bit sure transferred itsel tae the ither side. Aa ferlies therefore seemed tae pynt tae this: that I wis slawly losin haud o ma ain an better sel, an becamin slawly taen ower by ma secunt an waur.

Aween thon twa, I noo felt I'd tae chuse. Ma twa naturs hid memory in common, bit aa ither ferlies wir maist unequal shared atween them. Jekyll (fa wis composite) noo wi the maist sensitive fears, noo wi a greedy gusto, projeckit an shared in the pleisurs an pliskies o Hyde; bit Hyde wis indifferent tae Jekyll, or anely myndit on him as the knowe bandit mynes the cave far he coories doon fin huntit. Jekyll hid mair than a faither's interest; Hyde hid mair than a son's indifference. Tae haive in ma lot wi Jekyll, wis tae dee tae thon appetites that I'd lang secretly spylt an hid o late stertit tae coddle. Tae haive aa in wi Hyde, wis tae dee tae a thoosan interests an hopes, an tae becam, at a knell an foraye, hatit an frienless. The bargain micht luik unequal; bit there wis still anither wecht in the scales; fur while Jekyll wid suffer sair in the lowes o a stinch life, Hyde widnae even ken o aa that he'd tint. Oorie as matters wir, the terms o this argy-bargy are as auld an ordnar as man; much the same lures an begecks haive the dice fur ony temptit an trimmlin ill-daer; an it fell oot wi me, as it faas wi sae mony o ma fiers, that I chuse the better pairt an wis fand wintin in the virr tae keep tae it.

Aye, I preferred the auld an ill naturet doctor, surroondit by friens an keepin honest hopes; an badd a stinch fareweel tae the liberty, the younger in age, the lichter step, lowpin instincts, an saicret pleisurs, that I'd likit in the makk o Hyde. I vrocht this choyce mebbe wi some unkennin haud back, fur I neither gaed up the hoose in Soho, nur connached the claes o Edward Hyde, that still bedd ready in ma cabinet. Fur twa months, hoosaeiver, I wis true tae ma willpouer; fur twa months I led a life o sic stinchness as I'd niver afore held tae, an enjoyed the likin o a satisfeed conscience. Bit time stertit at the hinnereyn tae ding doon the virr o ma begeck;

145

the praises o conscience stertit tae growe intae a thing o coorse; I stertit tae warssle wi thraws an langins, as o Hyde tyauvin efter freedom; an at the hinnereyn, in an oor o moral dweebleness, I aince again melled an swallaed the cheengin dose.

I dinna jalouse that, fin a drooth rizzens wi himsel on his vice, he's aince oot o five hunner times affeckit by the dangers that he rins throwe his breetish, pheesical insensibility; nae mair hid I, lang as I'd conseedered ma poseetion, vrocht eneuch allowance fur the hale moral insensibility an cauld readiness tae coorseness,that wir the leadin merks o Edward Hyde. Yet it wis by thon that I wis punished. Ma deevil hid bin lang jyled, he cam oot roarin. I kent, even fin I tuik the dose, o a mair unbridled, a mair oot an oot bent fur ill. It maunt hae bin thon, I jalouse, that steered in ma sowel thon storm o impatience wi which I lippened tae the gweed mainners o ma puir victim; I say, at least, afore God, nae cheil morally sane could hae bin guilty o thon crime upon sae peetifu an irritation; an that I strukk in nae mair wyce speerit than thon in which a seek bairn micht brakk a gee-gaw. Bit I'd voluntarily strippit masel o aa thon balancin instincts by which even the warst o us cairries on waukin wi some degree o steidiness amang lures; an in ma case, tae be temptit, hoosaeiver slichtly, wis tae faa.

Straicht aff the speerit o hell waukened in me an raged. Wi a flicht o blytheness, I blootered the unresistin corp, tastin delicht frae ilkie cloor; an it wisnae till bein ferfochan, that I wis o a suddenty, in the tap fit o ma frenzy, strukk throwe the hairt by a cauld jeel o grue. A mist dwined; I saw ma life tae be tint; an fled frae the place o thon excesses, at aince gloryin an trimmlin, ma langin fur coorseness gratifeed an steered, ma luve o life screwed tae the tapmaist peg. I ran

147

tae the hoose in Soho, an (tae makk doubly sicar) connached ma papers; syne I set oot throwe the lamplichtit streets, in the same split delicht o harns, rejycin on ma crime, lichtheidedly plannin ithers in the future, an yet still hashin an still lippenin in ma wake fur the steps o the punisher. Hyde hid a sang on his lips as he melled the dose, an as he drank it, raise the glaiss tae the deid cheil. The stangs o transmogrification hidnae dane teirin him, afore Henry Jekyll, wi rinnin tears o thanks an guilt, hid faaen on his knees an heistit his grippit hauns tae God. The veil o ill pleisurs wis rived frae heid tae fit, I saw ma life as a hale: I follaed it up frae the days o bairnhood, fin I'd wauked wi ma faither's haun, an throwe the self-denyin warssles o ma professional life, tae cam again an again, wi the same sense o the oorie, at the damned horrors o the evenin. I could hae skirled lood; I socht wi tears an prayers tae smore the heeze o ugsome picturs an souns wi which ma myndins steered agin me; an still, atween the priggins, the ugsome makk o ma coorseness glowered intae ma sowel. As the sherpness o this guilt stertit tae dee awa, it wis owertaen by a sense o blytheness. The problem o ma weys o daein wis solved. Hyde wis thereaifter impossible; whether I wid or nae, I wis noo keepit tae the better pairt o ma life; an och, foo I rejoyced tae think it! Wi fit willin blateness, I tuik on anew the borders o nat'ral life! Wi fit sincere rejection, I steekit the yett by which I'd sae aften gaen an cam, an grund the key aneth ma heel!

The neist day, cam the news that the murder hid bin owerluikit, that the guilt o Hyde wis clear tae the warld, an that the victim wis a cheil heich in public esteem. It wisnae anely a crime, it hid bin a dowie glekitness. I think I wis gled tae ken it; I think I wis gled tae hae ma better urges sae bowstered an guairded by the terrors o the gallas. Jekyll wis

noo ma bield; lat bit Hyde teet oot a meenit, an the hauns o aabody wid be heistit tae takk an kill him.

I set in ma future daeins tae redeem the past; an I can say truly that ma resolve wis fruitfu o some gweed. Ye ken yersel foo eidently in the hinmaist months o last year, I vrocht tae sain hurts; ye ken that muckle wis dane fur ithers, an that the days passed quaet, near blythely fur masel. Nur can I truly say that I weiriet o this gweed an innocent life; I think insteid that I daily likit it mair aathegither; bit I wis still banned wi ma twin purpose; an as the first skirps o ma guilt wore aff, the laigher side o me, sae lang spyled, sae recent chyned doon, stertit tae gurr fur freedom. Nae that I dreamed o revivin Hyde; the verra notion o thon wid stertle me tae frenzy: na, it wis in ma ain corp, that I wis aince mair temptit tae ficher wi ma conscience; an it wis as an ordinar secret sinner, that I at last drappit afore the assaults o temptation.

There cams an eyn tae aa things; the maist roomy meisur is stappit at last; an this wee nod tae coorseness at the hinnereyn connached the balance o ma sowel. An yet I wisnae feart; the faa seemed nat'ral, like a return tae the auld days afore I'd made the discovery. It wis a braw, clear, Januar day, weet unner fit far the cranreuch cauld hid thawed, bit cloudless abune; an the Regent's Park wis fu o winter cheepins an swete wi spring guffs. I dowpit doon in the sun on a bench; the breet inbye me lickin the chops o myndin; the speeritual side a bittickie sleepy, promisin mair guilt, bit nae yet meeved tae stert. Efter aa, I thocht, I wis like ma neeboors; an syne I smiled, comparin masel wi ither cheils, comparin ma active gweedwill wi the lazy coorseness o their negleck. An at the verra meenit o thon bigsy thocht, a doot cam ower me, an ugsome seekness an the maist deidly

chitterin. Thon passed awaa, an left me feint; an syne as in its turn the feintness crined, I stertit tae be awaur o a cheenge in the kind o ma thochts, a greater bauldness, a scorn o danger, a wey ooto the towes o duty. I luikit doon; ma claes hung shapeless on ma shargeret limbs; the haun that lay on ma knee wis girssly an hairy. I wis aince mair Edward Hyde. A meenit afore I'd bin safe o aa men's respeck, weel-aff, lued—the claith layin fur me in the dinin chaumer -room at hame; an noo I wis the common quarry o aabody, huntit, hooseless, a kent murderer, maet fur the gallas.

Ma rizzen dwined, bit it didnae fooner aathegither. I hae mair than aince seen that, in ma secunt corp, ma feelins seemed sharpened tae a pynt an ma speerits mair tense raxxed; sae it cam aboot that, far Jekyll mebbe micht hae gaen up, Hyde raise tae the wints o the meenit. Ma drugs wir in ane o the presses o ma cabinet; foo wis I tae reach them? Thon wis the problem that (grippin ma broo in ma hauns) I set masel tae solve. The laboratory yett I'd steekit. Gin I socht tae gae inbye the hoose, ma ain servants wid sen me aff tae the gallas. I saw I maun need anither haun, an thocht o Lanyon. Foo wis he tae be reached? Foo perswadit? Supposin that I jinkit bein catched in the streets, foo wis I tae makk ma wey intae his presence? An foo should I, an unkent an dislikit veesitor, gar the famous pheesician tae raik the study o his frien, Dr Jekyll? Syne I myndit that o ma first character, ae pairt bedd wi me: I could scrieve ma ain haun; an aince I'd gotten thon kinnlin spirk, the wae that I maun follae becam lichtit up frae eyn tae eyn.

Syne, I riggit ma claes as best I could, an cryin doon a passin hansom, drave tae a hotel in Portland Street, the nemme o which I chaunced tae mynd. At ma luiks (which wir fair feel eneuch, hoosaeiver dowie a weird thon claes

happit) the driver couldnae haud in his lauchter. I grun ma teeth on him wi a grue o deevilish roose; an the smile dwined frae his physog—blythely fur him—yet mair blythely fur masel, fur in anither meenit I'd fairly rugged him frae his reest. At the inn, as I gaed in, I luikit aboot me wi sae blaik a physog as gart the servants trimmle; nae a keek did they excheenge in ma presence; bit fawnin, tuik ma orders, led me tae a private chaumer, an brocht me ferlies wi which tae scrieve. Hyde in fear o his life wis a craitur new tae me: shakken wi byordnar roose, raised tae the pitch o murder, langin tae gie hurt. Yet the craitur wis sleekit; maistered his roose wi a muckle tyauve o the will; scrieved his twa important letters, ane tae Lanyon an ane tae Poole; an thon he micht win rael evidence o their bein postit, sent them oot wi directions that they should be registered.

Eftir, he sat aa day ower the lowe in the private chaumer, chaain his nails; thonner he ett, sittin alane wi his flegs, the waiter veesibly coorin afore his ee; an syne, fin the nicht wis fully cam, he set furth in the neuk o a steekit cab, an wis driven back an fore aboot the streets o the toon. He, I say— I canna say, I. Thon bairn o Auld Clootie hid naethin human; naethin lived in him bit fear an hate. An fin at the hinnereyn, thinkin the driver hid stertit tae growe suspicious, he pyed the cabbie an set aff on fit, rigged oot in his misfittin claes, an objeck merked oot fur note, inno the mids o the nicht gangrels, thon twa base passions raged inbye him like a storm. He traivelled faist, hunted by his flegs, spikkin tae himsel, haudin throwe the laneliest byweys, coontin the meenits aff that still led tae midnicht. Aince a wumman spakk tae him, offerin, I think, a boxie o spunks. He cloored her in the physog, an she fled.

Fin I cam tae masel at Lanyon's, the grue o ma auld frien mebbe affeckit me a tooshtie: I dinna ken; it wis at least bit a drap in the sea tae the grue wi which I luikit back on these oors. A cheenge hid cam ower me. It wis nae langer the fear o the gallas, it wis the horror o bein Hyde that wrackit me. I tuik Lanyon's condemnation pairtly in a dwaum; it wis pairtly in a dwaum that I cam hame tae ma ain hoose an won intae bed. I sleepit efter the brakkdoon o the day, wi a strang an profun sleep that nae even the widdendremes that deaved me could help tae brakk. I awaukent in the mornin shakken, dweeble, bit refreshed. I still hatit an feared the thocht o the breet that sleepit inbye me, an I hidnae of coorse forgotten the awfu dangers o the day afore; bit I wis aince mair at hame, in ma ain hoose an near tae ma drugs; an thanks fur ma escape shone sae strang in ma sowel that it near cam teetle the brichtness o hope.

I wis steppin leesurely ben the coort efter brakkfaist, drinkin the jeel o the air wi pleisur, fin I wis grippit again wi thon unca feelins that cam afore the cheenge; an I'd jist the time tae win the bield o ma cabinet, afore I wis aince again ragin an jeelin wi the passions o Hyde. It tuik this time a dooble dose tae recaa me tae masel; an ochone, sax oors efter, as I sat luikin dowie in the lowe, the stangs cam back, an the dose hid tae be re-taen. In short, frae thon day furth it wis anely by a muckle tyauve as o gymnastics, an anely unner the straicht aff effeck o the drug, that I could weir the physog o Jekyll. At aa oors o the day an nicht, I wid be taen wi the warnin thraws; abune aa, gin I sleepit, or even dovert fur a meenit in ma cheer, it wis aywis as Hyde that I waukened. Unner the strain o this on gaun nearhaun weird an by the sleeplessness tae which I noo condemned masel, aye, even ayont fit I'd thocht nae possible tae man, I becam,

157

in ma ain sel, a craitur etten up an teemed by fever, dweeble baith in corp an harns, an aathegither grippit by ae thocht: the grue o ma ither sel. Bit fin I sleepit, or fin the vertue o the dose wore aff, I wid lowp near wioot transition (fur the stangs o transformation grew daily less merked) intae the grip o a fancy reamin wi picturs o terror, a sowel bylin wi causeless hates, an a corp that didnae seem strang eneuch tae haud the ragin steer o life. The pouers o Hyde seemed tae hae grown wi the dweebleness o Jekyll. An siccar, the hate that noo split them wis equal on ilkie side. Wi Jekyll, it wis a maitter o vital instinck. He'd noo seen the full misfit o thon craitur that shared wi him some o the ferlies o kennin, an wis co-heir wi him till daith: an ayont thon links o community, that in thirsels vrocht the maist peetifu pairt o his wae, he thocht o Hyde, fur aa his virr o life, as o somethin nae anely deevilish bit inorganic. This wis the unca thing; that the glaur o the pit seemed tae utter skreichs an voyces; that the airy stoor meeved an sinned; that fit wis deid, an makkless, should cowp ower the standaurds o life. An forbye, that thon steered up horror wis wuvven inno him closer than a wife, closer than an ee; lay chyned in his flesh, far he heard it mummle an felt it tyauve tae be born; an at ilkie oor o dweebless, an in the bield o sleep, vrocht agin him an cast him ooto life. The hatred o Hyde fur Jekyll, wis o a different kind. His grue o the gallas drave him aywis tae commit temp'rary suicide, an tae retakk his secunt place o a pairt insteid o a corp; bit he hatit the need, he hatit the dowieness intae which Jekyll wis noo drappit, an he hatit the dislike wi which he wis himsel regairded. Thon caused the puggie like pliskies that he wid play me, scrievin in ma ain haun blasphemies on the pages o ma buiks, burnin the letters an bladdin the portrait o ma faither; an forbye, hid it nae bin

159

fur his fear o daith, he wid langsyne hae connached himsel in order tae bring me doon wi him. Bit his luve o life is winnerfu; I gae farrer: I, fa seeken an jeel at the mere thocht o him, fin I recaa the servility an virr o this tie, an fin I ken foo he fears ma pouer tae cut him aff by suicide, I finn it in ma hairt tae peety him.

It is eeseless, an the time awfu fails me, tae draw oot this pictur; naebody his iver tholed sic torments, lat thon suffice; an yet even tae thon, habit brocht—na, nae lat up—bit a certain hardness o sowel, a certain acceptin o wae; an ma punishment micht hae gaen on fur years, bit fur the hinmaist mishanter which his noo cam, an which his at the hinmaist cut me aff frae ma ain physog an natur. My store o the satt, which hid niver bin renewed since the date o the first experiment, stertit tae rin laigh. I sent oot fur a fresh dose, an melled the dose; the hotterin follaed, an the first cheenge o colour, nae the secunt; I drank it an it wis wioot eese. Ye'll larn frae Poole foo I hae hid Lunnon raiked ower ; it wis in vain; an I'm noo persuadit that ma first supply wis bladdit, an that it wis thon unkent bladd that gart the mixture wirk.

Aboot a wikk his gaen by, an I'm noo feenishin this scrievin unner the pouer o the hinmaist o the auld pooders. This, syne, is the hinmaist time, short o a miracle, that Henry Jekyll can think his ain thochts or see his ain physog (noo foo waesome cheenged!) in the glaiss. Nur maun I dauchle ower lang tae bring ma scrievin tae an eyn; fur gin ma tale his up till noo escaped wrack, it's bin by a mellin o great cannieness an great gweed luck. Should the thraws o cheenge takk me in the act o scrievin it, Hyde'll teir it in bitties; bit gin some time'll hae gaen by efter I hae laid it by, his winnerfu selfishness an haudin tae the meenit will likely save it aince again frae the wirk o his puggie-like spite. An

161

forbye the weird that is closin on us baith, his already cheenged an connached him. Hauf an oor frae noo, fin I'll again an foriver re-enter thon ugsome makk, I ken foo I'll sit trimmlin an greetin in ma cheer, or cairry on, wi the maist raxxed an terrifeed ecstasy o lippenin, tae pace up an doon this chaumer (ma hinmaist yirdly bield) an to haud ma lugs open tae ony soun o menace. Will Hyde dee on the scaffold? Or will he finn virr tae release himsel at the hinmaist meenit? Gweed kens; I'm careless; this is ma true oor o daith, an fit is tae follae consarns anither than masel. Here syne, as I pit doon the pen an gae on tae steek up ma confession, I bring the life o thon disjaskit Henry Jekyll tae an eyn.

Lightning Source UK Ltd.
Milton Keynes UK
UKHW010631261021
392864UK00001B/123